リタイア日記

岸野渉
KISHINO WATARU

幻冬舎MC

リタイア日記

目次

2021年

スポーツクラブ

会社退職後の生活設計を描いていない時、まず身体を動かさないと駄目だと思い、心がけて散歩時間を作った。自宅を出て四方八方、自宅周辺2～3kmはほとんど歩き尽くし、市のコミュニティバスで市内の遠隔地に出かけ、そこを基点に散歩したりした。それはそれで新しい発見があったりしたが、市内の散歩は少しマンネリ化したのと雨天時は運動できないので、室内で運動可能なスポーツクラブを利用することにした。駅前のスーパー4階にあるスポーツクラブの平日会員として、現役リタイアした2021年9月入会した。

設備も充実しており次の通りである。

1. フリーウエートスペース（ベンチ台、パワーラック、インクラインベンチ）
2. マシンエリア
3. ランニングマシン
4. カーディオマシン
5. スピニングバイク
6. 第1スタジオ
7. 第2スタジオ
8. アリーナ
9. スカッシュコート（2面）
10. 屋内テニスコート、屋外テニスコート

11. メインプール（25m）、フィットネスプール、ダイビングプール
12. フットサルコート他

それからスタジオで実施するプログラムも、次の通り選択肢が多い。

・トレーニング・コアトレーニング・格闘エクササイズ・バイクエクササイズ・ダンスエクササイズ・ヨガ・ピラティス・エアロビクスステップ・シェイプパンプ・コンディショニング・リラクゼーション・太極拳・体調改善、健康体操・ストレッチ他

以上、多数の種目があり、老若男女で体力に応じて、また熟練度に応じて、細かくプログラム分けしてあるように思う。

キッズクラスも水泳、体育（跳び箱、マット、鉄棒等）、ダンス、テニス、スカッシュ、バスケットボール、空手、ゴルフ、サッカー、野球、レスリング等充実しており、小学生主体。水泳、体育は乳幼児クラスもあり、オムツが取れていないベビーは水遊び用のオムツをしてプールに入っているとのこと。

幼いころから身体を動かし、基本的体力をつけてスポーツ技能を習得することもさることながら、あいさつとか順番待ちとか礼儀や社会性も自然に身につけることができるだろう。

それと友達を作り自分が楽しむことが何より大事なことだと思う。こういう場所から将来の五輪選手が出てくるかもわ

からないし、立派な社会人が育っていくことだろう。

私も、最初は色々試して自分に合うものを選択しようとした。まずエアロビクス・ステップ（音楽に合わせてシンプルな動作で、全身バランスよく動かす有酸素運動で、脂肪燃焼やストレス解消に効果的）を試したが、ステップの動きが結構複雑で覚えられないし、リズムにも合わせられないので断念。次に太極拳（中国に古くから伝わる健康法で、ゆるやかで流れるように動くことで、正しい姿勢や身体の正しい使い方を身につけながら、身体の調子を内側から整える）を試したが、動きはゆっくりだが複雑な姿勢、身体のバランスの取り方が、私には難しく中断。ストレッチも試したが、私自身の身体が硬く追いついていけないので、とりあえず中断している。

その他色々試した上で、現在はシェイプパンプというプログラムを継続実施している。これはバーベルを使って、音楽に合わせての筋力トレーニングで、脚・胸・肩・背中・お腹など身体全ての筋力を鍛えるため、キングオブエクササイズといわれているらしい。それとランニングマシン（ゆっくり歩く速度からランニング速度まで速度調整でき、前面にテレビがついている）を組み合せて実践しているが、私の場合はスピードは6km／Hと速歩レベルである。実践は習慣化しており、次の通りである。

・月曜日　ランニングマシン1時間＋サウナ風呂30〜40分

・水曜日　シェイプパンプ40分＋ランニングマシン20分＋サウナ風呂30〜40分
・金曜日　シェイプパンプ40分＋ランニングマシン20分＋サウナ風呂30〜40分

以上。会社退職後の生活ペース、リズムを作る中で、月・水・金曜日はこのスポーツ活動が、一つの生活ベースの骨格になっている。何をやるにしても身体が資本であるし、高齢者になり段々体力が落ちてくるのは世の定めだと思うが、まだまだ知的好奇心の追求と孫の成長を見届けていきたいので、可能な限り続けていきたいと思う。平日会員の利用料金は現在8690円／月（税込）ではあるが、これは消費ではなく明らかに投資であると理解している。

人間の行動パターン

ファミレスで朝食。たまにモーニング定食を利用。

私はいつもパン、サラダ、ベーコンエッグにみそ汁、ヨーグルト、野菜ジュースに食後ホットコーヒーである。

今時入店するとお決まりの体温測定とアルコール消毒で座席も何回か行く内に座り心地の良い自分なりに落ち着く場所があるもので定席になる。その席が空いていない時は、人との間合いを見て席を選んでいる。

座席もその店の空間の中で多数あり、どこに座っても良いものだが座る場所は大体決まっている。特に朝は固定のリピーター客が多い中で見るともなく眺めるといつも同じ顔がいつもの席に座っている。
　食事の注文も各種メニューがありながらいつものメニューを頼んでいる。私だけではなく他の客も同様のようである。そうである由に食材の仕入れは多寡はあるものの比率は大体決まっているようだ。滞在時間的にも計っている由ではないが、新聞を長々と読んでいる人もあれば食事を済ませば即帰る人もいる。
　結局座る場所の判断、食事の注文の決め方等選択肢は色々あり自由であるが固定化してくるようだ。十人十色でそれが個性ということだろう。

2022年

時代の流れからくる変化

昭和時代、恋愛結婚と見合い結婚の2パターンがあった。

恋愛結婚はいわゆる男女異性ふれあいの中でお互い意識し、好きになり将来のつれあいと考え、一般的には男性から女性にプロポーズし2人の気持ちを確認。それからお互いの両親へ紹介、スムーズなら仲人の人選。婚約・結納・結婚式などの重要イベントには臨席、あいさつをしてもらう。結婚というのは本人同士ベースだが家と家の縁組儀式的なところも大いにあったように思う。

恋愛結婚事情もその時代背景の中で経済発展時代、『24時間働けますか』というCMがあった時代では職場結婚が多かったようである。一方見合い結婚は一時男は30歳女は25歳までに身を固めなければというような雰囲気の時代もあり、その年齢に近づくと親も意識するが、親せき他、周りに世話焼きもおり、釣書まで準備し見合いをすすめてくる。

その当時結婚式までの流れは恋愛であろうが見合いであろうが、仲人を立て婚約・結納・結婚式・新婚旅行・(入籍)・同居。平成・令和時代、恋愛結婚はいつの時代でもあると思うが、見合いの手段が親せき、知人の紹介というより、IT時代という背景の中でSNSが多いらしい。現に私の息子もSNSを通じて知り合い3年前(2019年3月)に結婚したのが今の嫁さんである。今時お互いの履歴とか趣味とか写真等は全てスマホで交換できると思うが、悪意をもってすればそういうデータは偽装できるだろうし、信頼できる親せき知人の紹介に比しリスクが大きすぎるように思う。知り合った手段がSNSで、実際交際してお互いの良さを理解し、結婚の意思を2人で固めたようである。もちろん親への紹介はあったがその後は彼女の誕生日に合わせて入籍、同居。その後お互いの家族の顔合わせ。結婚式。

我家は良い嫁でヒットであった。

結婚の様相が大分変わってきた。本人同士の意思が一番のベースには変わらないが、結婚までのやるべきことが単発で枝葉は省いて順不同。正しくデジタル時代か。昔の一連の流れの行事、ステップを大事にしていたアナログ時代と随分変わってきた。時代の流れには逆えない。

北京冬季五輪が閉会し感じたこと

日本獲得メダル18個過去最多　金3個、銀6個、銅9個。

1. メダル獲得後インタビューのさわやかさ
   - フリースタイルスキー男子モーグル　銅
     堀島行真　24歳（当時）
   - スキージャンプ男子個人ノーマルヒル　金
     小林陵侑　25歳（当時）
   - スノーボード男子ハーフパイプ　金

平野歩夢　23歳（当時）

3人ともに最近の若者であるが、インタビューもごく自然体でおごり高ぶることなく冷静に応え、素直に自分の気持ちを語り、皆さわやかで好印象であった。しゃべっている日本語も最近の若者は言葉を縮めて正しい日本語が壊されつつある中で、「やっぱ」ではなく「やっぱり」と丁寧に発言しており、より共感力が増すように思う。

2. フィギュアスケート女子　ロシア　ワリエワ　15歳のドーピング問題で感じたこと

ロシアは旧ソ連時代の体制がいまだ残っているようで、五輪は国威発揚の場と考えているらしく特にプーチン大統領の発言からもフィギュアスケートとアイスホッケーに力を入れているようである。そういう情景の中で組織あげて多少の国際ルールを犯しても勝ちにこだわる。

まだ子供のワリエワはその犠牲者である。

テレビニュースでワリエワの練習を伝えていたが、女性コーチが厳しく悪く言えばサーカスの動物をムチを持った調教師が調教するように、虐待しているように感じた。強くなるのに厳しさは必要であるが生身のしかもまだ子供でもあり手段も選ばず情も感じられない指導はいかがなものか。

今の女子フィギュアは4回転ジャンプが最高の難易度でロシアは容易に演技する選手が多く圧倒的に強い。4回転ジャンプには細身の方が有利で丸みを帯びてくる年代よりロシア選手は皆若い。日本の坂本花織選手（21歳、当時）は丸みを帯びた女性らしい体形で情感の美しさを体現しており、機械的な美しさを表現しているロシアとは対照的であったと思う。

3. スピードスケート女子団体追い抜き（パシュート）
チームワーク＞個人
オランダ　4位
日本　銀メダル

この種目は3人が1組のスピード競争であるが、オランダの3選手は3人全員が個人メダリストでそれも内2人が金メダリスト。日本は高木美帆1人だけ個人メダリスト。単純に3人の個人タイムを足し算するとオランダが圧倒しているが結果は日本の勝ちである。

この競技は先頭のエネルギー負荷が一番重いので、どのチームも一番力のある選手を先頭に使うが、途中で先頭の選手を交代するケースが多い。3人のエネルギーロスを抑えるため2人目、3人目の選手が一体になるため手をつないだり後ろの選手が前の選手を押すことで前の選手を援助したりと日本が一番美しい隊列という評判であった。そこはテクニックも重要な要素である。3人の個人能力も必要なレベルは当然であるが、1＋1＋1＝3以上にできるのがチームワークだと思う。

これは一般の組織でもエリートばかりで優秀だがバラバラ

の動きをしている組織よりも組織の目標を明確にし、その達成に向けて個々人頑張りながらチームプレーもする円満な組織の方が強いということもある。

賢さというのは偏差値ではなく総合力

現代経済社会の中で人を偏差値で評価（イコール学歴）する傾向にある。果たしてそうだろうか。

社会とは国家があり県・市・町・村から最小単位で家庭まである。人はこの世に誕生して成長する中で、保育園～小学～中学～高校～大学と成人して経済社会生活を送っていく上での基本的な教育の機会を通じて学ぶ。その後一般的には大半の人が民間企業、公務員他組織の中で経験を積み色々な人とコミュニケーションを重ね、様々な自己啓発もやりながら各々個性（背骨）が確立されていく。

組織の中で、あるいは仕事遂行の中で、あるいは知人との付き合いの中で、あるいは家庭の中で、様々な判断に迫られる局面が全ての人間にあると思うが、人生のキャリアの中で築いた背骨をベースに円満で平和な、人にやさしい前向きな判断ができる人が偏差値に優る賢さ・偉さ・優秀でリスペクトされることが大切だと考える。

母の葬儀で知る最近の葬儀事情

3月5日15時30分ころ妹より電話があり、母親の体調が悪いということで、今介護付有料老人ホームで医師に診てもらっているが心不全で脈が弱いため血圧も測定できず、利尿剤を使用しているがムクミもひどい。3〜4日食欲がなく食事を受けつけないため点滴すると心臓に負担がかかり本人も苦しい。手の打ちようがない。すぐ神戸に行く準備をし、縁起でもないが喪服を用意して家を飛び出し、新幹線（東京発17時39分）で向かった。20時ころ妹から電話があり19時10分ころ息を引き取ったとのこと。私は2時間ほど間に合わなかった。老人ホームに着くと母親にはまだ体温が残っており、表情は目を閉じ穏やかであった。

葬儀社が21時30分、母の遺体を葬儀社の安置室に搬送するのに一緒に乗り込み舞子の葬儀会館に入った。たまたま昨年父親が亡くなった時にお世話になった葬儀社で全く同じ部屋に安置された。その後ドライアイスを施され、その夜は線香を上げて私はホテル泊まり。

翌日は朝10時30分〜約3時間葬儀社と通夜・葬儀内容の打ち合わせ。3月7日12時までに葬儀社に行き、12時30分〜湯灌（ゆかん）〜納棺、通夜・葬儀の時間スケジュール確認、18時〜通夜。

3月8日葬儀・告別式〜出棺〜荼毘（火葬）〜繰り上げ初七日法要〜精進落とし（会食）。

私が長男で喪主ということで、今時近親者のみの小さなお葬式。昨年父親を送ったばかりで基本的には差をつけないように同じようなプラン。昔のように会社関係、知人他の参列はなく香典・供花もお断りということで、当日の受付、返礼品他気を使うこともない。

○出棺～火葬場

喪主なので位牌を持って霊柩車に乗り込む。

ロングボディーの黒塗り型で約20年経ち今年でお役ごめんとのこと。費用的には新車で約2000万円。昔は金ピカの宮型の霊柩車が一般的であったが今は神戸では1社のみ対応。理由の一つには初期費用もかかるが維持費用（金ピカのメッキ部分の補修）も高い。また扱う宮大工の減少と金ピカだといかにも霊柩車だということで遺族側の敬遠も多くなったとのこと。

○火葬～拾骨

昔は棺の中に故人の生前好きだったものや縁のあったもの等最後に入れたが、今は写真とか衣類とか限定されており、極力生花を入れて葬ってあげることのようだ。

故人の身体の中にペースメーカーが入っていると全国10%余りの火葬場では摘出手術をしないと火葬してもらえないケースもある。リチウムイオン電池が入っており高温になると内圧が上昇し爆発。炉が壊れることはないが劣化が早まったり、火力を管理している人に危険が及ぶことを避ける必要。遺骨が灰になる前に火を消すため途中で炉の中を小窓を開けてチェックし焼けすぎないようにしている。神戸の火葬場は4ヶ所あり、第一日曜日や一部友引を休みにしているが、必ずどこかは稼働しており公営（市営）である。関東はそれに対して民営が圧倒的に多いらしい。

拾骨したが、母は74歳時に大腿骨骨折し人口骨埋め込み手術を受けており、その後76歳時脳梗塞を患い懸命なリハビリに励んだが以後ずっと車イス生活であった。

そのせいか一般的にも女性は年とともに骨量が減少しやすいという中で、母親の遺骨は全体的にも一目で少ないと感じたが、特に下半身の骨が異常に少なく感じた。母親の人生の苦労が遺骨に集約されているように感じた。

ファストフード店　驚きの顧客対応システム

3月22日16時過ぎ、あるファストフード店へ夕食のため1人で入店。

カウンターに座りメニューを見て注文。よく見ると中の調理場まで見えるが係の女性1人が注文を取り、盛り付けし、配膳。その合間にテークアウトの客が注文したものを取りに来たので奥に用意しておいた注文品を取りに行き客へ手渡し会計。ポイントもつける。係の女性1人が目まぐるしく動き回る光景。注文も数種類プラストッピングがあったりするのだが、メモも取らず客を待たせることもない。手際よく対応している。まるでスーパーマンに見える。

私が入店して食事して退席するまで30分もなかったと思うが、店側はたった1人での対応である。恐らく客の少ない時間帯だからということであろうが、まず何かトラブルがあると客対応がお留守になりサービス産業のファストフードとしての体制としては大いに疑問符がつく。確かにメニュー価格は庶民価格で有り難いと思うが、顧客としてサービス産業のあり方をもう少し考えてもらいたいと感じた（本当はその時間調理場も含めて2人体制らしいが）。

変わり種の日本酒販売店

住まいの近くに日本酒販売に特化した独特な小さな店がある。私の大好きな嗜好品は日本酒で飲み方は季節問わず純米酒の熱燗である。酒の量販店、スーパー等で出回っている日本酒は大半味わったのでこの店も時々利用させてもらっている。ここの店主は本人が味わって気に入ったものしかおいてないが、全国から仕入れているようだ。

ここで一般的な日本酒の知識を披露しておくと、日本酒の特徴は原料によって分類される。米と米麹だけで造られた「純米酒」、もう一つが醸造アルコールが添加された「吟醸酒」

「本醸造酒」がある。醸造アルコールは主にサトウキビを原料として発酵させた純度の高いアルコールのことで添加すると「スッキリした味」になるのが特徴。吟醸造りとは60%以下に磨いた米を低温で時間をかけて発酵させたものでフルーティーな香りが特徴。本醸造酒は香りは控えめでスッキリした辛口の味わい。50%以下に精米したものを大吟醸、60%以下の吟醸酒、70%以下本醸造酒。30%以下に精米する大吟醸酒もあるが磨くのに丸3日もかかるとか原料コストも高く手間と時間がかかる。

この店に行くと店主のウンチクを聞くので時間も要する。私も酒に関して色々関心があり、質問に対しては何でも丁寧に応えてくれる。例えば焼酎と比べると日本酒は米が原料だから糖分が圧倒的に多い。二日酔いになりやすいのも日本酒だそうで焼酎はアルコール種類が1種類でピュアだが、日本酒は5種類あり全部消化するのに時間を要する。中には個人差もあるが消化し切れず体内に残って二日酔いの原因になるとか。ただ九州に店主の知人の日本酒と焼酎メーカーの社長がいるとのことだが、顔がドス黒く肝臓が悪そうなのは焼酎メーカーの社長の方だとか。要するに呑む量が一番問題。

専門家の予想は当てにならない

経済専門家のことを一般的にはエコノミストというが、経済学者や経済研究者など主としてマクロ経済に関する調査・分析を行う専門家のこと。経済アナリストは個別の業界や企業を調査・分析するプロ。また経済ジャーナリストとは新聞・雑誌・放送などで経済問題の報道・解説・批評しているプロ。ストラテジストは投資戦略を立案する人でさらに投資運用する人をファンドマネージャーという。職業柄色々分類されている。

ある時ラジオを聴いていたら、あるストラテジストがこれまで投資予想を長年やってきたが適中率はおおまかに見積もって50%。今後の目標としては50%以上を目ざしたいと言っていた。いわゆる半か丁かでわからないというに等しい。先々の予想はプロでも難しいということで、こういう真正直なストラテジストは信用できると感じた。

またロシアがウクライナに2月24日侵攻したが戦況は激しくなるばかりで何の罪もない一般市民が虐殺されている。遠い国のことではあるが人としてとても尋常ではいられない。こういうことが起きるとテレビでも毎日のように戦況を取り上げ数人の専門家の（軍事ジャーナリスト、ロシア専門教授他）顔をよく見かける。

専門家はその国の歴史を熟知し、現地での生活体験があったり、情報仕入れソース他ネットワークを持っている中で過去・現状の情報やデータ分析し将来予想するが、今回のウクライナ侵攻について誰も侵攻が全土に広がるとは予想しなかった。専門家なので自分の持っている知識・情報・分析はどんな質問に対しても応えられるが、それは過去・現状を踏まえてのものであり、それを飛び越えて現場・現実は動くこともあり、予想は先ほどのストラテジストと同様に難しい。そういう専門家の中でプライドもあり、わからないとは絶対言いたくない中でわからないものはわからないと言う専門家を正直評価したい。

女性の生命力の強さと介護の大変さ実感

昨夏私の第二の故郷（小学校高学年～中学～高校の多感な時代を過ごす）広島県の呉市に1人旅した。目的は日新製鋼呉製鉄所（現在日本製鉄で2023年秋には完全閉鎖予定）の高炉の火が2022年9月末で完全に消えるため、長年世話になった会社のシンボルである高炉を最後目に焼きつけておきたかったこと。もう一つは親友の大道君に会うこと。

大道君は地元の呉で長年税理士事務所を経営して数人の事務員を雇い古希であるがいまだ現役である。

ちょうど1年前、夜、会食したのであるが、その日18時ごろから申し訳ないが2時間ほどしかお付き合いできないということで理由を聞いてみると、父親は数10年前に亡くなり93歳（当時）の母親を奥さんと2人で在宅介護しているとのこと。

毎日7時から21時（起床から就寝）まで着替え、食事から下の世話まで目が離せない。今時そういう状態になった時には介護施設に預け面倒を見てもらうのが一般的になっていると思うが、母1人子1人で自営業のため母親とはほとんど同居暮らしであり住居も余裕があり奥さんも理解力のある人だから可能だったのでしょう。それでも大変である。奥さんの方も高齢の実母が広島で1人暮らしで段々衰えてきているので気がかりであり、奥さんの妹が広島在住ではあるが、これまた1人暮らしの義母の面倒を見なくてはならない立場である。

介護を受けるのは女性ばかり。私の親族を見ても母親は今年3月逝去したが、父親は昨年7月に先に亡くなっている。母親の兄弟を見ても兄が数年前に亡くなったがそのつれあいは健在（現在老人ホーム）、妹も健在（現在老人ホーム）だが、つれあいは数年前逝去。父親（長男）の兄弟を見ても三男が昨年逝去したが、つれあいは健在。三女は健在だがつれあいは数年前逝去。唯一例外は、長女は数年前逝去したが、そのつれあいは95歳（当時）でいまだ自活。

平均寿命も健康寿命も女性の方が長く、総じて夫の方が年上のケースが多いので、妻が夫を先に見送る傾向になるのは当然ともいえる。女性の方が自活力もあるので順番的にはベターだと思う。女性の生命力の強さは一説には女性ホルモンが影響しているともいわれているが、私は心臓の鼓動回数が一生おおむね限界があるという中で、相対的に気の弱い男性は鼓動回数が高まることが多く、泰然と構えている女性は根本的に耐性があると考える。

また、以前現役のころ営業に出て営業車で取引先と共通の客先に行った帰途、閑静な住宅街の一角にあったしゃれたレストランに休憩のため、昼下がりに数回寄り道した。満席で入れないこともあったが、女性の2人づれあるいは3～4人づれが圧倒的に多く男性客はほとんど見受けられなかった。女性の皆さんは笑顔で会話がはずんでいるみたいで色々な世間話をして発散しているようだった。ストレスをためず笑顔が免疫力を高めているのかもしれない。

また、退職後、健康維持のためスポーツクラブに入り運動している。年齢層は中高齢者が多く、性別では70%ぐらいは女性である。私は月、水、金ランニングマシンとシェイプパンプに参加しているが女性はコミュニケーション上手で、始まる前、女性同士の会話の輪ができているが、男性陣は端っこの方でポツン、ポツンと単独で孤立している。男性ロッカールームでスポーツクラブ会員同士での会話を聞くこともあるが表面的会話である。

また女性は子供に対して自分の分身・自分のもの・自分の絶対的味方だという強い思いがある。存在そのものが生きがい。男性は子供とは少し距離をおいて幸せな社会生活・家庭生活を送ってくれれば良しと思っている。やはり女性の生命力は強い。

社会生活行動の中で感ずること諸々

①ある日4〜5台しか駐車できない狭い有料駐車場に入ろうとしたら、狭いスペースでバンの後ろドアを開けたまま、30〜40代と見える3人の男たちが荷物を急ぐ様子もなくおもむろに下ろしている。

狭いのでその状態だとこちらが駐車できず、1回短めの警笛を鳴らしたが、我関せずでゆったりと作業を続けている。それで車を狭いスペースに乗り入れたら、ようやく重い腰を上げるように下ろした荷物を横に移動させ車を隅に寄せたので、駐車した。

車を出たら“すみません”と一言あるかなと思いきや、また荷物を下ろし始めた。恐らくそういう人に迷惑をかけたという気持ちを持ち合わせていない人間に話をしても言いがかりをつけられたとしか思われないだろうと決めつけ、今時君子危うきに近寄らずで駐車場を後にした。(自分たちが先にそこのスペースに入ったから占有権でもあると思っているのか、人に迷惑をかけたという道徳観念がない。何がそうさせたのか？ どういう教育を受けてきたのか？ 自分勝手だと思わないのか？ 自分たちが逆の立場だったら荷物を全部下ろし終わるまで待機していたのか？ ……)

②ある日銀行に行く前にスーパーで用事を済ませ、スーパー

の駐車場側通路から道路を隔てて向こう側の銀行に向かっていた。その通路の左側に動物医院、郵便局があり、右側は一面ガソリンスタンドの壁である。私の行こうとしている銀行は道路を渡った右手にあり、向かって右手の道路状況は全くの死角である。

私は道路右手に注意を払いながら道路へ一歩踏み出したところ、若い女性が自転車でそんなにスピードを緩めず進行してきて、恐らくそこから人が出てくることを想定していなかった様子で、驚いたように右へ急ハンドルを切った。

別に何事もなかったが、危険予知が全く抜けている。こちらが注意を怠り普通に道路に出ていたら、出合い頭の事故になっていたと思う。そこで自転車の後ろから、もし自動車でも来ていたら、右に急ハンドルを切った自転車が自動車に衝突していたかもしれない。

こういうケースは特別な構図でもなく、日常十分起こり得る状況だと思う。最近高齢者の運転事故ばかり取り上げられるが、若い人のルール無視もよく見受けられるので、老若男女問わず気をつけたいものである。ルールを守るのは当然であるが、その前に、自分の身は自分で守るという本能に近い危険予知能力が、現代人の一部の人には欠けているように思えるので、社会生活を円滑に送るための本能を取り戻してもらいたい。

③ある日息子と銀座で焼肉を食べるため、焼肉店のあるビルの10階で18時半に待ち合わせした。地下1階で数人と一緒にエレベーターに乗り込み、1階からも何人か乗ってきた。

結局途中階で大半が降りて、私ともう1人の2人になった。もう1人は30代だろうか、男性で昔の百貨店のエレベーターガールの位置にいて、私は一番奥の位置に立っていた。その内エレベーターが10階に止まった。途端にその男性は一言も言わず、サッサとエレベーターを降りた。続いて私も降りた。

こういう状況では明らかに高齢者の私が先に降り、男性は「開」のボタンを押して、後から降りる。私が先に降りる時に「お先」とか「ありがとうございます」とか一言御礼を言うか、軽く会釈をして降りる。余程急いでいたのかあるいは常識を持ち合わせていない人種なのか。

社会的に決められたルールはないが、日本社会にも最低限の礼儀というものがある。ルールは大きくは日本国憲法から会社には就業規則、学校にも校則他あり、その組織を構成している一員は、全員そのルールを順守して、それを破れば処罰などを受け社会のバランスを保っている。人間社会では人と人が交流・接触する上でもっと基本的な局面局面で礼儀があり、それは学校教育ばかりではなく、親からの教育であり、人生経験を重ねる中で体験したり、自分で感じ取るものだと思う。皆が基本的礼儀を身につければ世の中のいさかい、対立も抑制でき平和な円満な社会が望めると思う。

日本海側３都市への旅

サラリーマン生活をしていると休日は土、日の２日間でとても旅行に行こうという余裕はない。時間的にも経済的にも精神的にも体力的？にも。我家は妻がパート勤めをしており、また元来出不精ということもあり、２人だけで出かけるというのは新婚旅行以来実家に帰省する時ぐらいであった。ただ子供２人が巣立つまでは、自宅以外で家族が行動することも時には必要だろうと思い、それでも会社の保養所ではあるが、何回かは引っ張って行ったものだ。

私も約１年半前に会社を完全リタイアし、古稀を過ぎ、日本にはこれまで行ったことがないところが沢山あり、どんどん旅をしたいと考えていた。行ったことのない町が東北の日本海側にあるので、今回（9／12～15）新潟～秋田～弘前ルート３泊４日で行くことに決めた。

私もこれまで旅行したことはあるが、私の旅行計画へのアプローチは①まずどこに行くか決定②旅行日程を決定③旅行目的地の最寄り駅近くの宿予約④電車の指定席切符の事前購入。旅行の詳細プランは立てず、例えば新潟なら酒どころなので酒蔵、秋田ならきりたんぽ鍋食べたい、弘前なら津軽三味線聴きたい……主だったイメージだけを考え、後は行く直前に今だったらパソコンで検索してみる。

旅行当日は最寄り駅の観光案内所に立ち寄り、市内ガイドマップをもらい見どころを聞く。それを参考に時間を考慮し行き先を決める。現地での足については大概循環バスが走っており、市内1周1時間以内で周回する。それと市の歓楽街の場所確認。私の旅行のある意味一番の楽しみが地酒と郷土料理を楽しむことであるので。

観光する前に手荷物をその日の宿に預かってもらい観光スタートである。夕方観光から戻り、ホテルにチェックインし休憩の後、夜の街に繰り出すのがパターンである。地方の歓楽街は、大概鉄道駅から1〜2km離れた場所にあることが多く、ホテルにタクシーを呼んでもらい、地元タクシー運転手に道中、郷土料理と地酒を呑める雰囲気の良い店を教えてもらう。もちろん予算も考慮である。それと地元の人との多少のコミュニケーションもはかりたいので、軽く歌えて安心して呑める店を紹介してもらう。

以上が私の旅の基本的行動パターンである。

［新潟］

午前中の上越新幹線で東京を出て昼前に新潟駅に到着。前記の基本行動通りで、当日の宿Xホテルに荷物を預け、駅前から出ている観光循環バス（乗り放題500円／1日）に乗車。その観光案内を見ると、18ヶ所の観光施設の内4ヶ所しかオープンしていなくて、他の14ヶ所は休館。たまたま月曜日で公共施設は基本的に休み。そういうことで童心に戻って、オープンしている水族館に行くことにした。

入館料1200円のところシニアは半額の支払いで入館。入口のところに説明書きがあり、日本海最深部は富士山3776mと大体同じくらいの深さらしい。周りを見回すと小学校の修学旅行か社会見学の生徒が大勢いる。少し行くと大型の水槽があり3種類の似かよったアシカ、アザラシ、トドがいた。名前と大体の様相とホ乳類であることは知っていたが、説明書きを見るとアシカはその中で一番小柄で前足が発達しており、反面アザラシは小さい。泳ぎ方を観察しているとアシカは発達した前足を活用しており、アザラシは後足を活用している。陸上でもアシカは前足を利用して「歩く」ことができるが、アザラシは「歩く」ことはできず、イモムシのように移動する。それと外見の違いとしてはアシカは耳たぶがあるが、アザラシの耳は穴が開いているだけである。

さらにもう1種類のトドはアシカ科でオスは最大1000kgぐらいまで成長するとのこと。この水族館にはいなかったが外見が類似しているものにオットセイ、セイウチがいるが、動物学的な話はこの辺で終わりとしよう。いずれにしろ旅に出て新しいものを見たり、聞いたりすると好奇心を刺激される。

観光循環バスで新潟駅に戻ってから、その足で新潟市内唯一の酒蔵（現在は新潟市も合併で市が拡大し他にも地酒有）に徒歩20分ぐらいで着き見学させてもらった。今代司酒造で創業1767年ということで250年余りの老舗である。日本一の酒蔵数を誇る新潟県内で最も新潟駅に近く、醸造アルコールの添加を一切行わない全国でも珍しい全量純米仕込で純米大吟醸、純米吟醸、純米酒のみを醸している。9代目蔵元、山本さん自ら蔵案内。酒造りは、例年10月上旬から始まり翌年3〜4月ころの約半年間で終了する。米は地元の五百万石を精米した形で仕入れ。

吟醸酒は△40％、大吟醸酒は△50％以上精米したもので、米の表面には脂質、タンパク質を含んでおり雑味となるが削れば削るほどピュアなすっきりした味わいになる。精米度合いが香りや味わいの決め手になる。ここで酒のでき上がるまでの工程。

①洗米（ぬかを落とす）1俵数10秒

②浸漬（米が吸水）約10分

③蒸米（外硬内軟）⟶ 20％麹造り

↘ ↙

（タンク）蒸米＋水

※酵母を増やしていく（約1ヶ月じっくり発酵）

④搾り（日本酒と酒粕に分ける）⟶ アコーデオン設備

⑤火入れ（熱湯の中のパイプを通して65℃まで温度を上げ酵母菌を殺す）　※60℃で死ぬ

※火入れしないのは生酒のみ

⑥貯蔵（数ヶ月から数年で香味を整えビン詰めし完成）

以上が酒造りの基本工程であるが見学案内で初めて理解したこと、関心したこと、感動したことをランダムにレポート。

まず、浸漬で米が吸水不足だと十分蒸されないし、過ぎると柔らかい蒸米となりもろみの発酵過程で溶けすぎてしまう。米の中心に少し芯（目玉）が残っていた方が良い。蒸米はベルトコンベアに米を乗せて蒸気が吹き出るトンネルを約40分／回通すのであるがその日の温度や湿度を考慮し、蒸気の温度や圧力を調整ときめ細かい管理が必要。検査もひねりもちを作り、硬さ・弾力・手ざわり・香り・伸び具合など五感でチェックするとのこと、物作りに手抜きは許されず誠心誠意が旨い日本酒になるのだろう。

また麹造り（酒の品質を決める一番の工程？らしい）だが、蒸米に麹菌を繁殖させて作り、もろみ（水、蒸米、麹）の発酵過程において米のデンプンを糖に変える重要な役割を担っており、この糖を酵母菌が食べることによってアルコールが発生、酒となる。麹室（こうじむろ）は30℃前後の部屋で適切な温度まで冷ました蒸米を搬入、麹菌は水分を求めて中心部に入っていくため蒸米は外硬内軟が良いとされる。余談で話しておられたが、麹造りの麹室に入る日の朝は絶対に納豆は食べない。納豆菌は非常に強く反応してしまうためだそうだ。

酒造りにおいて毎回同じ条件、状態はあり得ず生きた世界でありマニュアルは通用しない（スーパーコンピューターがあれば別かもしれないがコスト合わない）。やはり経験、職人の世界であり日本酒造りの技術、伝統が引き継がれて今日に至っていることに感銘した。

今もたまに直接注文させていただき、晩酌を楽しんでいる。

その後新潟駅方面に戻り、その日の宿泊先Xホテルにチェックインした。

［Xホテル宿泊で感じたこと］

1. 徹底した機械化

①チェックイン　タッチパネルでの必要事項の操作

宿泊料金入金

↓アウトプット

・領収書・宿泊カード：部屋19F1958号室簡単に施設紹介

・500ポイントクーポン券

今すぐアプリ登録先着で500ポイントプレゼントゲットしよう。

（クーポンコード：XXX）※QRコードからクーポンコード入力

（対象宿泊期間：2022年10月迄）

・Xカード引換券

特典案内5000ポイントで5000円キャッシュバッ

ク入会金→年会費無料

・連泊されるお客様へ

ノークリーニングサービス→Xポイント100ポイントプレゼント!!

・内線電話のご案内：フロント7番

②部屋

◎大画面モニター（約1.5m×1m）

・ホテルインフォメーション

・館内レストラン

・リラクゼーション他

・XカードVISA入会受付中

1000円キャッシュバック＋5％OFF最大4ヶ月

・Xホテル公式アプリ初回登録先着で500ポイントプレゼント！

・無料電子書籍

客室限定で対象コンテンツ閲覧可

・アンケート

・天気予報

・フロント内線7

・混雑状況

大浴場	男湯	女湯
	空いてます	空いてます

・Wi-Fi接続方法

・到着日

チェックアウト時間　10時まで

・テレビ

※テレビ視聴時には大画面一杯拡大

③チェックアウト　後清算なければ宿泊カードをBOXへ投入

※チェックイン、チェックアウトはホテルマンと接することなく利用でき、ホテル、部屋、設備の内容、利用方法他ペーパーレスで全て大モニターに網羅されている。わからないことがあればフロントに問い合わせする。

2．新規顧客取り込みと固定客化

・エレベータ横にカレーが置いてあり会員登録すればもらえる。

・部屋には天然水（500 ml入り）2本がサービス提供

・Xホテルの新規会員へのサービス、ポイント付加、利用者へのポイント付加サービス

※新潟でのホテル予約をする際にパソコンで調べたらXホテルは2軒であったが、コロナ後をにらみ体力にものをいわせ弱体化したホテルを買収し現状は2軒＋αあるようだ。

いずれにしても社長が前面に出てのイメージ戦略で、ポイント制活用でのリピート客化、サービスの充実等

拡大指向で転んでもただでは起き上がらないホテルだと感じた。

夕方ホテル前でタクシーに乗り前記のように新潟の古町という歓楽街に向かった。前述の通りタクシー運転手おすすめの郷土料理と地酒の呑める店の前で降りた。その店で佐渡の新鮮な魚を味わい地酒を堪能した。

もう1軒近くのビルのスナックを動物的勘に頼り一見（いちげん）の客として入店。上品なママと1対1でどうも年齢的には78歳らしいが若作りでテニス、ゴルフにも励んでおられるようだ。その内一緒に店を経営している娘さんが出勤、地元の常連客も入店。その客とも会話を交わし店を出るのにママが下まで見送りしてくれた。繁盛店で会計的にもその店選択は正解であった。

[新潟から秋田]

朝食を食べるのにXホテル1階のレストランを覗くと朝定食1800円、今時そんなものかと思いながら、新潟駅に行けば立ち食いそばとか軽食を食べられるだろうと駅に向かった。新潟駅発の特急いなほ8時22分発に乗る予定だ。駅構内では、全体がまだシャッターが閉まっており、9時オープンのところが大半のようだ。その時間に営業中だったのがハンバーガー店とおみやげ店兼喫茶の2軒ぐらいでそこでサンドイッチを食し乗車した。80万人の日本海側最大の政令都市にしては街の目覚めは遅いようだ。

秋田まで約3時間半、特急の名前の通り沿線は緑目映い田園地帯。秋田駅に昼前に着き、いつもの行動パターンで観光案内所で市街地図をもらいホテルの場所を確認。ホテル近くまで徒歩で行ったが何せ初めての土地で方向感覚がマヒ、近くを通りがかった大学生風の若者に尋ねた。そこから50ｍぐらいのところであったが死角で、わざわざホテル玄関先まで案内してくれた。最近の若者と思うことが多い昨今であったが、ちょっとしたことだが久しぶりにすがすがしい気持ちになった。ホテルに荷物を預けた後、200円で循環バスに乗り街の雰囲気を味わった。

その後近場の秋田県立美術館で藤田嗣治展を開催しており、絵画には全く知識も理解もない私だが雰囲気だけでも感じてみようと入った。「町芸人」「室内の女二人」「秋田の行事」等々の名画が展示されており、その前に立っていると偉大な画家だという先入観もあるせいか圧倒された。次に隣接して秋田犬ステーションがあり立ち寄った。ガラス越しではあったが、体重50kgぐらいはありそうだ。りりしい顔立ちで日本犬の中では最大で、有名なのは忠犬ハチ公である。人を見抜く力もありそうな賢犬である。

ホテルに戻り休息した後、例のごとくタクシーを呼んでもらった。繁華街は川反通りというところだそうで、きりたんぽ鍋を売りにしている店の前で降ろしてもらい、地酒も美味であった。次に寄り道するバーも運転手さんの行きつけの店で、入口で運転手さんの名前を出しその人の紹介でと言うと安心して引き入れてくれた。その店にはテーブルをはさんでママと2人だけで色々な会話をする中で、ママの年齢は50歳、15年前に独立しこの店を切り盛りしてきたとのこと。お互い歌のエール交換。約2時間明朗会計で秋田美人にも会えたということで、この夜はタクシー運転手さんに紹介してもらい大正解であった。

[弘前]

ホテルで朝食をとり、その足で秋田からJR奥羽本線で東能代まで行った。本来はそこから五能線に乗り換えて、海岸線の景色を楽しみながら弘前へ行く計画であったが、8月豪雨で寸断されており奥羽本線で弘前へ行くことにした。ただ奥羽本線も東能代から大館までが不通になっており、バスの代替輸送を利用した。

弘前駅で市街マップをもらい15時近くだったので宿に向かった。受付で津軽三味線の演奏を聴けるところを尋ねた。市内で郷土料理と地酒を楽しみながら津軽三味線を聴ける店が4ヶ所あるが、宿からの推奨はA店だとのこと。予約を入れその時間に合わせてタクシーを呼んでもらった。

タクシーで6～7分の街道沿いにある小じんまりとした

店であった。店内は一番奥に津軽三味線演奏のスペースがありテーブルが4つ。その日は私は1人、他に夫婦らしい年配のカップルが2組。

郷土料理をつつき一杯やっていると40〜50代の奏者が登場。少し前置きがあり題名は忘れたが1曲目は民謡、2〜3曲続き最後は皆さんご存知『津軽じょんから節』。近くなので迫力ある圧倒されるような音色。引くというより弦をたたいているようだ。毎年津軽三味線の大会でランク分けされているようで、今日の奏者はその上位者とのこと。良いものを聴かせてもらった。店を出てタクシーで運転手さんに次の店を紹介してもらい、バーのママと地元のお客さんとコミュニケーションをとり楽しい一夜であった。

翌日は循環バスに乗り、津軽藩ねぷた村というねぷた祭りを紹介している会館に行った。そこで説明を聞くと弘前のねぷた祭りは8月1日から7日、その他地域は7月下旬から8月中旬まで青森県のあちこちの市町村で、明かりを灯した巨大な灯篭＝ねぷたを山車に乗せて練り歩く大変華やかなお祭りである。青森、津軽、下北他海に近いところでは「ねぶた」。弘前、五所川原他山合いのところでは「ねぷた」と呼ぶらしい。

ねぷたとは寝ぷてい（寝むたいの方言）ということで生きた農作物を作っている農民にとっては敵だ。その邪気を払う祭りだそうである。改めて勉強になった。山車、ねぷたを作る制作者のことをねぷた師といい、今年現在14名で作風も異なり、中には名人と呼ばれる方もいる。毎年数ヶ月前から制作に入るとのこと。大変な労力である。津軽藩ねぷた村を後にしてすぐ近くの弘前城に立ち寄り、新青森経由で新幹線で自宅に帰った。

有意義な旅であった。3泊4日であったが体重が確実に1.5kg増加しており、夜の飲食が原因であろう。こういう旅生活を続けていると生活習慣病で確実に寿命は縮まると思う。たまにが良い。

北朝鮮ミサイル発射で国民の1人として感じたこと

今朝（2022年10月4日）久しぶりにJアラート（全国瞬時警報システム）が発せられた。

7時22分北朝鮮が弾道ミサイルを発射、北海道の人は頑丈な建物や地下があれば直ちにそちらに避難して下さい。それができなければ、できるだけ窓から離れ、できれば窓のない部屋へ移動して下さい。（テレビ、ラジオ）

続いて青森県民に同様のアナウンス、続いて東京都の小笠原他島民にもアナウンス。結局7時44分ころ太平洋の日本EEZ外に落下。北海道の鉄道、新青森と盛岡間の東北新幹線はその間一時ストップした。

専門家がミサイルの飛行時間と距離から中距離弾道ミサイルじゃないかと推定していた（その後韓国からの情報で裏づけられた）。北朝鮮も国防5ヶ年計画を遂行している中で、今3年目で核兵器も含めた戦術の技術確認か、あるいは政治的意図なのかその両方なのか、あくまでその時点では推定の話。

8時10分から松野官房長官が5分ほど実状会見。続いて8時22分から岸田総理が1分ほど手短かに会見。いつも通りの会見。

今回の件で2点国民の1人として感じた。まず、政治の最大テーマは国民の安心安全を守るということだと思うが、Jアラートのアナウンスではないが頑丈な建物は特に地方には少ないと思うし、仮にあったとしてもミサイルからは防御できない。地下もない。現状防衛費増額議論がされる中、米からの防衛機器の購入で米政府の応援をしているように見えるが、シェルターとか防空壕に優先的に防衛予算を使ってほしいものだ。それが一番国民の安心と安全を守るということだ。

もう1点は、テレビはNHK教育テレビとケーブルテレビを除いて、NHK、民放全チャンネルが北朝鮮ミサイル発射を放送していたが、こういう国の緊急事態の時にはNHKで一元化し集中放送した方が良いのではないか？と感じた。各局違うコメンテーターが解説していたが、総じて同じことを発言していたと思うが、微妙にニュアンスが違っていたりするケースもあると思うので、緊急事態放送はこれからNHK集中ということを国民に徹底したらどうかと感じる。

新型コロナウイルス感染で感じたこと

11月22日（火）喉に違和感を感じた。そんなに痛みは感じないが少し引っかかるような詰まるようないやな感じだ。

ここ10数年熱を出したこともないし寝込んだこともなかった。人生振り返ってみると入院は、2回だけ。高校1年生の時鼻中隔弯（わん）曲症で2週間ほど入院。鼻中隔が強く曲がっているためにいつも鼻がつまったり、口呼吸やいびきなどの症状が出る。いまだに記憶に残っているのは猛烈に痛い手術だったからである。まず局部麻酔をされ上唇の中の上部にメスを入れ、弯曲している出っ張った側の鼻中骨にのみをあて金槌でたたき骨を削るような感覚でずしんずしんと頭全体に響く。拷問である。手術時間は後から聞くと40〜50分であったようだが、本人にしてみれば数時間に感じた。その夜トイレに行くのに父親に付き添ってもらったが用を足した後、トイレで倒れ込んだようである。どうも手術時の多出血で貧血を起こしたようである。

もう1回は63歳時の12月29日に年末忘年ゴルフに行った時、車を運転中に左目の内側の視野が半分欠けている。初めて異常だと自覚した。帰って女房に相談するとK眼科だけが当日営業しているとのことで、診察を受けた。網膜剥離（網膜とは眼球の最内方の壁で視神経の先端が分布している層。外界からの光がここに像を結び、その刺激を受け取る）という病名で緊急を要するということで、近くのJ大学病院に紹介状を書いてもらいその足でJ大学病院の救急窓口に行った。早速精密検査の結果、即入院で明日（12月30日）に手術ということで女房に着替えを持ってきてもらった。

手術はまず全身麻酔をし、私の場合は執刀前に眠ってしまい、次に気がついたのが手術終了後、痛みも感じず1時間半ぐらい眠っていたようだ。後から手術内容を聞くと（詳細ではない）簡単にいえば目玉を引っくり返し網膜の全面にガスを注入、補強のためレーザー治療（網膜の周りを溶接）、手術自体は患者としては寝てるだけで楽ではあった。しかし術後注入したガスが空気より軽くそのガスで網膜を押すことで壁にくっつけるため、約1週間ベッドで常時下向き姿勢である。夜も見回りがあり上向きで寝ていると起こされ下向きに変える。寝不足である。人間として寝る姿勢が本来一番楽な姿勢であるはずだが、真逆で一番の苦痛である。それも約1週間とは、長すぎる。トータル10日の入院だった。

話を戻すと、翌11月23日（水）には関節痛、24日（木）に体温を計ったら37.8度（私は平熱が低目なので37.8度は高熱）、咳も出始めた。その日は行きつけのYクリニックが午後休みだったので11月25日（金）に行った。体温は37度に下がっていたが抗原検査の結果（待ち時間15分）、陽性であった。咳止めの薬を処方された。クリニックからは保健所にはクリニックから連絡しておくとのこと。薬も薬局から自宅へ届けるとのことであった。薬は白衣を着た薬剤師がすぐ届けてくれた。

またマイスマホに当日下記メールがあり。

県から、新型コロナウイルス感染症陽性者の方へのお知らせです。療養期間を安心してお過ごしいただくため、以下の件HPとともに、必ずご一読ください｛https://XXXX｝。特に、療養期間、療養証明、災害発生に備えた対応については、上記HPをご確認ください。体調悪化時の電話相談窓口の電話番号、スマートフォンを使った医師によるオンライン健康相談の企業IDはXXXXです。急激な体調悪化時は、救急要請してください。救急要請に迷う場合は、上記電話窓口にご相談ください。基礎疾患がない方は市販薬が服用できます。自宅療養時はパルスオキシメータ貸出（申込不要）や配食サービス（申込先｛https://XXXX｝）を利用できます（問合せ先電話番号）。なお、配達時に業者が確認のお電話をする場合があります。国の患者管理支援システム「XXXX」から各種サービス利用に必要な「HER-XXXX」や「MyHER-XXXX」がSMSで届く場合があります。県からのSMSはXXXX（SBはXXXX）

からも届く場合があります。
本SMSは送信専用です。なお、お心当たりがない場合、県疾病対策課XXXXまでご連絡ください。今後のサービス改善のため、以下のニーズ調査にご協力をお願いします。(https://XXXX)。

また翌日下記メールあり。

県フォローアップセンターです。午前の健康観察の入力が確認できなかったため、ご連絡しました。ご体調が優れない中恐れ入りますが、MyHER-XXXX（マイハーシス）のご入力をお願いします。https://XXXX　すでにご入力いただいている方は、入れ違いの可能性がございますのでご連絡は不要となります。ご自身、もしくはご家族様などにお心当たりがない方は必ず当センターまでご連絡をお願いします。問合せ先：県自宅療養者フォローアップセンター(健康観察)XXXX
※このSMSは送信専用ですのでご返信いただいても対応できません。
県自宅療養者フォローアップセンターです。当センターでは、自宅療養期間中の健康観察及び健康相談を実施します。
詳細については「自宅療養のご案内」をご確認ください。
「自宅療養のご案内」https://XXXX　なお、当センターで実施する健康観察では、厚生労働省が開発した健康管理システム「HER-XXXX（ハーシス）」を使用します。具体的には、スマートフォンを通じて毎日の体調を記録する「MyHER-XXXX（マイハーシス）」を原則使用していただくことになります。毎朝9：00ころにショートメッセージが届きますので10：00までにご入力をお願いします。ご自身、もしくはご家族様などにお心当たりがない方は必ず当センターまでご連絡お願いします。問合せ先：県自宅療養者フォローアップセンター（健康観察）XXXX
※このSMSは送信専用ですのでご返信いただいても対応できません。

また、I保健所からもメールあり。

MyHER-XXXX（新型コロナ健康状態入力フォーム）のご案内　以下URLよりご入力ください。URL：https://XXXX HER-XXXX　リーフレット：https://XXXX　本システムは厚生労働省の提供です。

以上スマホ音痴の私にはメールの処置の仕方がわからないので放っておいたら県のフォローアップセンターより電話があり、また同時にパルスオキシメータが届いたので毎朝電話をもらうことになり、酸素濃度と脈拍、体温を7日間の療養期間中毎日伝えた。結局症状が出た11月22日から29日までが自宅療養期間であった。
療養後、保険金を請求申請するのに自宅療養証明書が必要なので診察を受けたＹクリニックに電話をしたら、「Ｉ保健所に相談して下さい」とのことで電話をすると、「県療養証明発行センターで窓口一元化してます」とのこと。いわゆるたらい回しにされている。そのセンターに電話すると、ダイヤル誘導で専門、専門で枝分れ、オペレーターと話したいがなかなかつながらない。途中で切れたり何回かかけ直すことも多い。やっとつながり、こちらの要件を話すと、自宅療養証明書の発行はスマホから入力すれば比較的スムーズに発行されるらしいが、私はアナログ人間である。紙ベースでお願いしたら3ヶ月は要するとのこと。驚きである。私としてはそんなに早急案件でもなく従うことにした。

今回の件で私の感じたことは以下の通りである。
まず、体調の悪い病人のスマホに長々しいメールが入り、それに目を通すとか入力しなくてはいけない、そのやり方そのものを負担をかけないシステムにしてもらいたいと感じた。何でもシステムを一元化（一つのやり方）に統一した方が効率は良いし手違いも少なくなるとは思うが、物作りでの生産効率アップ、労働生産性の追求とは違う。私のようなスマホ音痴の高齢者も多い中で、デジタル化だけではなくアナログ要素も取り入れた柔軟な対応、利用者側に立った対応が望まれる。

電話オペレーター対応の充実もはかってもらいたい。どこも人手不足という事情を抱えているとは思うが、それは役所全体の行革とか優先順位の見直しとかで、もっと心の通った本来の行政サービスを期待する。

北陸への男1人旅で感じたこと

[金沢]

2022年12月6日、8ヶ月ぶりに金沢へ旅した。目的は来年の母の1周忌と父の3回忌法要を岩田住職にお願いするためだ。金沢駅に着いたのが昼前。荷物をロッカーに預け、夕方岩田住職との待ち合わせまで時間があったので、循環バスに乗り金沢21世紀美術館に行った。美術館の名前の通り比較的新しい作品が多い。有名なのはレアンドロ・エルリッヒの「スイミング・プール」。美術に関して素養はないが、芸術作品の前でその作者のエネルギーを感じてみたかった。見学する中で一風変わった作品が2〜3あった。

まず「時を超えるイヴ・クラインの想像力」展の展示作。金箔だけ一面にコーティングされたイヴ・クラインの作品、題名は「沈黙は金である」。やはり同じくイヴ・クラインの一面が白一色の絵画の題名は「無題（白色のモノクローム）」

だった。続いて「コレクション展2　Sea Lane-Connecting to the Islands」には鳥の羽根が数本〜数十本立てかけてあるだけの作品もあった。

私には抽象的で理解できない。美術、芸術作品などは鑑賞する人によって感じ方が様々であり、作者の思いとは違った思いを想像することも自由で楽しいし否定されるべきものではないと思う。

その後美術館を後にしてロッカーの荷物を取りに行きホテルにチェックイン。しばらく休憩した後、タクシーで待ち合わせの片町交差点に向かった。待ち合わせ相手は今から38年前のアメリカ・ロサンゼルス五輪バレーボール代表選手岩田氏であり身長197cmのため片町交差点のどちら側とか詳しく決める必要がない。今は金沢の「蓮華寺」という真宗大谷派の19代目の住職であり親しくさせてもらっている。我々会社組織の中でサラリーマンとして生活してきた人間とはキャリアが全然違うので新鮮な話題も多く、良い意味での刺激を受けるのでお付き合いをいつも楽しみにしている。

彼が予約してくれた片町の魚料理「いたる」という店に行くと、開店直前なのに数名並んでいる。古民家を改造したような造りで、伝統を感じる人気店である。ビールで乾杯した後は地酒の「手取川」の熱燗に切り替えた。郷土料理のおつまみを2〜3食した後、香箱ガニ（ズワイガニのメス）をすすめられ美味であった。その後いつもの犀川沿いビル5階クラブ「ほんごう」に流れ、交流を深化させた。

［金沢〜輪島］

この日は輪島行きの高速バス、金沢駅西口発9時25分特急バスで能登半島日本海沿いの絶景を眺めながら旅した。終点の輪島マリンタウンには正午前に到着。金沢から約2時間半である。宿泊ホテルにまず荷物を預け近くの朝市会場へ行ってみることにした。その日はみぞれ混じりの氷雨で人通りがほとんどなく、休憩して暖を取るための喫茶店もない。寒々しい。一軒ソフトクリームの幟（のぼり）を立てた店があったので入った。余り暖房も効いてなく寒いのだがソフトクリームしかないので仕方なく400円で注文。あったかいほうじ茶と一緒に出してくれたので救われた。聞いてみると朝市の出店は朝8時ころから正午ぐらいまでで終了。商店街も水曜日休みのところが多いらしい。タイミングが悪かった。

界隈をぶらつき夕食の店探しをしながら歩いていると、市が運営している足湯の「湯楽里（ゆらり）」という無料の休憩所があったので利用させてもらった。屋根付きで12帖ぐらいの広さでその時間帯は他に利用者がなく約10分ほど足湯につかり貸し切りであった。その後輪島出身のマンガ家永井豪の記念館を見学（『マジンガーZ』他ヒット）。能登の夏祭りで有名なキリコを紹介している輪島キリコ会館に立ち寄り早々にホテルに入った。18時ころホテルそばのおばちゃん数人がやっている店でおでん、お好み焼に燗酒2合を呑み早々に引き上げた。

[輪島～福井]

ホテルの朝食はバイキング。驚いたのはごはんが自動盛り付けだ。通常しゃもじで茶わんを手に取り自分の手でつぐが、自動盛付機の下に茶わんをセットし、大・中・小盛のどれか選択ボタンを押すと、いきなりドカンと茶わんにごはんが落下。これもアイデア商品であるが衛生的でスピーディーではある。反面3択であり、その間のほどほどという選択はできないデジタル商品である。

朝食後朝市会場に行ったが、出店は魚介類、野菜等生鮮食品が多いが名物の輪島塗などもあった。そこで輪島塗の夫婦ばし、ぐい呑み、能登いも菓子などの手みやげを仕入れ、輪島マリンタウンから高速特急バス9時13分発に乗り込んだ。

帰りは輪島市の山間の方にある能登空港、愛称のと里山空港（約30分）に寄ると1人乗り込んできた。飛行場を見ると1機も駐機していない。

後から調べてみると、2003年に開港しANAの羽田空港との定期便や台湾からのチャーター便の利用があった。しかしながら新型コロナウイルスの流行により、令和2年から4年までは国際チャーター便の利用実績は無かったが、令和5年9月には台湾からのチャーター便が復活していた。（2024年元日の能登半島地震により滑走路には多くのひび割れや段差ができ、応急復旧をして1月27日からANAは羽田空港と週3日、1日1往復で運航再開。足元は毎日1往復で運航しているとのこと）この空港は全国初の「搭乗率保証制度」を導入。現在は搭乗率が58％未満のとき地方自治体がANAへの保証金を支払い、66％を超えたときANAから地方自治体に協力金が支払われるようだ。（搭乗率58％～66％の間は支払い無し）

金沢から福井まではJR特急サンダーバードで約50分。まず福井駅前のホテルに荷物を預け、そこから徒歩5分の柴田神社に行った。柴田勝家が賤ヶ岳の戦いで豊臣秀吉に敗れ、最後つれあいのお市の方が秀吉に娘3人（茶々・初・江）の助命歎願書を書き、夫婦は自害した北庄城跡にあり、当時の石垣、堀の一部が残っている。そこから歩いて10分ぐらいのところに柴田勝家とお市の方が眠る墓、勝家公の菩提寺である西光寺があり立ち寄った。それから一度ホテルに戻りチェックイン。

少し休憩した後、駅前からタクシーに乗り福井一の呑み屋街の片町に行った。運転手の紹介で評判のろばた焼「弥吉」前で降りたが、古い佇まいで雰囲気のある店でカウンターに案内された。目当てのズワイガニをお品書きで確認すると35000円／杯。とても手が出ない。大将の話だと、ズワイガニの漁解禁は11月6日からで、当初は大量にとれ10000〜15000円／杯と例年に変わらず手ごろな値段だったが、漁獲枠制限の中で足元需要＞供給で急上昇、近年にない高価なものになっているとのこと。40000〜50000円／杯で提供しているところもあるようだ。メスガニは小ぶりで大体1／10の値段。

※旅行から帰り、調べてみた。鳥取県に割り当てられた漁獲枠は過去最少の約800トン。11月6日解禁「松葉ガニ」が来年3月20日までだが、メスガニの漁期は年内一杯と短い。脱皮して間もないオスの「若松葉ガニ」が来年2月1日〜2月末日。今シーズンは資源管理が強化され昨シーズンより50トン余り少ない。一方、全国旅行支援などもあり、旅館や飲食店からの需要も高まっている。越前ガニの漁獲量予測は約400トン。5〜7月にかけてカメラで海底調査し事前予測するようだ。昨年より微増。漁獲量は鳥取の方が2倍近く多く、鳥取からもかなり福井の方へ仕入れているようで地元の越前ガニは芦原温泉など優先して回されているのかもしれない？（私の勝手な解釈）

福井への旅の一番の目的だったズワイガニを食すことが達成できず、ただ、一本義という地酒の熱燗は美味であった。

2軒目はタクシー運転手さん紹介のクラブに立ち寄った。手伝いのおばさんが焼酎を出してくれ呑んでいると30分くらいでママが登場。恰幅が良く背筋の伸びたやり手ママ風。60代か。話を聞いていると、父親は福井県でも世間的に力のある人のようで、この道40年のこの店には父親の知り合いの関係者とかバレーボールの一時日本男子代表監督で今は某大学教授のN氏とかも見えるらしく繁盛店のようだ。ママ自身もこの店だけでなく、福井県ソフトバレーボール他名誉ボランティアをやられてたり、活躍されているようだ。色々ご自分のことを話されるが、全くいや味に聞こえない。バレーボールの話題もN氏の現役時代の先輩である岩田氏と2日前に金沢で呑んだことを話した。ママも私と同様日本酒の熱燗が大好きだということで、1本日本酒をつけてもらった。意気投合。最後にカラオケで1曲ずつエール交換。約2時間余り付きっ切りでサービスしてもらった。帰りもビルの下まで見送ってもらった。

福井の人、食、酒に酔いしれた楽しい一夜であった。

生活習慣病とは

今年5回1人旅した。

旅の一番の楽しみは旅先の郷土料理を食しながら地酒を呑

むこと。旅行から帰り、毎週定期的にスポーツジムに通っているが、運動の後、サウナ風呂に入る前に大体同じ時間に体重測定している。5回の旅行帰りの後も毎回いつもの体重の1kg強増えている。

旅行は非日常であるが、非日常の3〜4日の生活を日常的に続けていくとぶくぶく太り、血糖値は上がり、肝機能も弱り、血圧も上がり、循環機能もマヒ……必ず生活習慣病（成人病）に真っしぐらだと実感。

現実の生活はスポーツジムで3回／週、身体を動かしゴルフも1〜2回／月ということで、休肝日も設けバランスをとっており体重コントロールもできている。旅行から帰ると3〜4日アルコールを抜くがそうすると体重も減り安定する。アルコールのカロリーが高いことがわかる。

生活習慣病の意味を実感した旅行であった。

2023年

第二の故郷、広島・呉へ

[呉]

私にとっては第二の故郷である広島県呉市へ旅に出た。1年半ぶりである。広島まで新幹線で行き、広島で呉線に乗り換え、優美な瀬戸内海の島々を眺めながら昼過ぎに呉駅に着いた。まずその日の宿であるビューポートくれホテルに歩いて5分、立ち寄り荷物を預けた。

呉は乳児〜幼稚園〜小学校〜中学校〜高校まで約14年（父親もサラリーマン転勤族で途中他県に転校あり）過ごした第二の故郷であり、観光案内所に行く必要はない。まず足の向くまま歩いてみようということで、呉の中心街である中通りの方へ行ってみた。約30年前バブルが弾けて以降、街の活気は失われシャッター街が広がっている。最近では大手鉄鋼メーカーが数年前最大手メーカーに吸収合併され、高炉のある呉製鉄所も構造改革の中で今年9月末をもって完全閉鎖に追い込まれる。

中通りを過ぎ本通りを越え亀山神社へ行ってみることにした。本通りから数百ｍであるが急勾配で、ここがスキーコースであれば絶対上級者コースになる。途中何回も立ち止まり休憩をとりながらようやく辿り着いた。

亀山神社は西暦703年に呉の地に鎮座した。古社で旧呉市街の総氏神として尊崇される。明治に入り海軍呉鎮守府の開設にともない海沿いにあった元々の境内地から現在の地へ遷座した。昭和20年7月の呉空襲で社殿が全焼、昭和30年に再建された。お参りした後、急坂を下り本通りに出た。

この四ツ道路のコーナーに昔中学～高校時代の同級生だった女の子の実家が本屋を開店しており、まだ看板が出ていて営業中である。意を決し入ってみた。そうすると店の人であろうおばさんが店内にいたので思い切って声をかけた。「昔、中高校時代に同じクラスだったものですが。当時こちらの娘さんで……」と話しかけたところ、「それは私です」と返答があった。正直まるきり当時の面影がなかったので思わずビックリしてしまい、大変失礼したかなと大いに反省。その時は咄嗟であるが「面影残ってますね」ぐらい言うべきだったと。

本屋の経営を本人が継いでいるようで何代目か？「私の時代でこの店も終わりです」とのこと。小規模店で活字離れ時代の流れの中で致し方ないのかもしれないが、その時はまたシャッター街が広がる。お互いの孫などの話を10分ほどして本屋を後にした。大変懐かしかった。

それから明日の夕食を当時の高校同級生私も含めて4人でする炭焼鳥長という焼鳥屋の場所を確認しホテルに戻った。その日の夕食は呉駅にある広島焼（お好み焼）が食べられる鉄板焼き店に入り、地元の清酒「千福」を呑みながら大好きな粉もんを味わった。その日はおとなしくホテルに戻り早目に床に就いた。

[呉 (翌日)]

その日の朝食はホテル最上階11階が食事会場。海側を見れば呉港、島々、停泊中の船、海上自衛隊、造船所、鉄鋼所等、山側を見れば向かって左側から愛宕山（270ｍ)、灰ヶ峰（737ｍ)、休山（497ｍ）と三方を山で囲まれ海に向かって扇状に呉の旧市街地が広がっている。ここから眺めればいかに呉が坂の町か、本当にフラットの部分は呉市役所から海側ぐらいではないだろうか。素晴らしいこれぞ呉の誇れる景色である。この日はその灰ヶ峰の山頂まで行ってみたいと思ったが、どうもバスはなく、タクシーかレンタカーかハイキングかということで今回はあきらめた。

灰ヶ峰は日本三大夜景の一つである函館山より2倍以上の標高737ｍあり、山頂からの眺めは昼間も良いが夜景はまるで天上から眺めているようで、宝石のような街の灯り、呉港に揺れる船、そして月明かり。まさに呉のロマンチックスポット。中・四国三大夜景の一つに取り上げられているとのこと。ちなみに他の2ヶ所は高知の五台山公園（標高50ｍぐらい）と下関の火の山公園（標高268ｍ）ということらしい。

この日はとにかく歩こうということで目的地を昔遠足で行ったこともある二河峡にした。もちろん土地勘はあるのでスタート。蔵本通りを堺川沿い（公園・散歩道として整備されている）に歩くと呉市役所があり、大昔私が居住していたころは戦艦大和の形をしていたが建て替えられ今風の建物になっている。そこから昔図書館、学校、テニスコート、陸上競技場、野球場、プール等があった文教地域に行くとおおむね景色は変わっていなかった。

ただ野球場の名称が二河野球場から鶴岡一人記念球場に変わっていた。私も進学校で弱い高校ながら、ほんの青春の一時ではあるが、エースピッチャーで何回もこの球場で試合をしたものだ。懐かしい。ナイター設備ができたり、スコアボードも新しくなっていた。

昔呉地区の高校野球のリーグ戦がある時には、各チーム交代でセンターのスコアボードの中に入って、人手でカウントやスコアの板１枚１枚を出し入れしていた。夏場は蒸し風呂状態でしんどい思いをしたものであったが、今は電光掲示板。デジタル、電化社会で人にはやさしいが、地球温暖化観点からするとそうでもないということになるのかもしれない。だが昔に戻ることは難しいと思うので、人類歴史の進展の中でさらに知恵を出していく必要があると感じた。

隣接して鶴岡一人記念館があったので入ってみた。記念館の紹介記事を拾ってみる。

1916年（大正５年）呉で誕生、地元の小学校を卒業、その後野球の名門である県立広島商から法政大、南海ホークスに入団。選手から監督まで南海一途で監督として1773勝はいまだに最高勝利数である。「南海を語ることは鶴岡を語ること　鶴岡を語ることは南海を語ること」と言われるぐらい南海一途であった。一方、同年生まれでミスタータイガースといわれていた藤村富美男も同じ呉出身である。通常よりも8cm近くも長い愛用のバットは「もの干し竿」と呼ばれ代名詞となった。

当時私が小学生のころ、鶴岡が南海ホークスの監督で春季キャンプでこの球場を使用していた。今でも記憶に残っているのは野村、杉浦、広瀬、穴吹、国貞、ハドリ、スタンカ……選手がおり、練習後にサインをもらうため待機。野村にももらったがその時に言われたのが「勉強してるか」の一言、よく覚えているし、今にして思えば野村らしい言葉のような気がする。野村は京都の峰山高校を卒業し1954年にテスト生としてプロ入り、選手としても三冠王、監督としても成功。同時代活躍した長嶋茂雄は立教大卒業後華々しく巨人入団、スーパースターになった。鶴岡が南海監督時代に長嶋に声をかけ南海入団予定であったが、そこに巨人が働きかけ、当時の長嶋は父親不在で2人兄弟の片方は虚弱。長嶋の母親を思って大阪より地元の巨人入団で仕方ないと決断したようだ。広岡も地元の呉出身ということもあって、本人も南海入団予定であったが、当時婚約者とその家族の巨人入団の強い要望があり押し切られたようだ。おもしろかった。

そこを出て二河川に出て川沿いに上流へ向かった。二河川の河口から上流へ約3.7kmのところにある二河滝（男滝高さ約30m、女滝高さ約37m）。この辺りの自然は昔のままだ。二河川は清流で途中カモも見かけ、大きな岩だらけで、改めて水力の強さに驚かされた。

ホテルに戻り休憩後、鳥長に向かった。18時に3人揃ったが、後1人は歯医者で遅れて参加予定であったので会食スタート。私のみ毎日が日曜日のGDPに貢献していない立場で（正確には消費の方で貢献）後3人は現役である。1人は地元金物店の経営者で地元にある鉄鋼メーカーへ焼結ベルトコンベア等納入し、そのメーカーへ資材燃料等納めている納入業者の集まりである購友会（約140社）の会長を務めていたこともあった。また我々が卒業した高校のPTA会長なども歴任、いまだに会食中にその高校の教頭から電話がかかり相談に乗っていた。他に地元中小企業経営者の集まりの世話役とか高校の同窓会事務局長としても周りから頼りにされている。地元一途に金物店を経営しながら、さらに広い視野に立ち、色々地元に貢献してきた地元の名士である。まだまだ意気軒昂であるが、股関節変形症がひどくなったようで大股開きで左脚を引きずりながら歩いている。それを見ると年齢を感じざるを得ない。前述したように地元鉄鋼メーカーも今年閉鎖に追い込まれるため金物店も死活問題のようである。

もう1人も私の親友の1人で現役の税理士（前述のため詳細省略）であり、この閉鎖で2～4次下請けの仕事量が激変、その関連の税理業務も減少するとのこと。もう1人は歯医者で親の代から引き継いでおり、その日インプラント手術をして疲れたので欠席と電話があった。多感な青春時代をともに過ごした仲間との接触は格別であった。

呉の街を歩き友人と会話して思ったことは次の通りである。

昭和時代は戦後復興で何もないところからのスタート。物不足、インフラ不足を充実していくためにまずは衣食住であり、石炭などのエネルギー産業、繊維産業、基礎資材である鉄鋼業他技術革新の中で高度経済成長を達成。賃金も毎年ベースアップが実現した。そんな環境の中で各種サービス産業も誕生、GDPも右肩上がりで米国に次いで世界2位の先進国の仲間入りも果たした。住宅戸数も世帯数を大幅に上回り空家率が10数％ともいわれ、自動車保有台数も成人1人当たり1台以上あり、買い替え需要が大半である。鉄道、高速道路等のインフラも全国隈なく整備されている。昭和が終わった後、すぐバブル崩壊でずっとデフレ時代が続いてきた。成熟時代で色々な物が溢れ、物欲も減り実質賃金も減少。これまでは良いものを安くタイムリーに提供できるよう各社競争、さらに上昇指向で研究開発に力を入れ新たな需要を生んできた。サービスも付加価値化の追求、他社にないもののアイデアを出し差別化を図ってきた。

それがバブル崩壊後30年余り逆流し出した。収縮である。企業は生き残りのため、再編、競争企業数を減らし設備を減らし供給元の集約、構造改革する中で雇用も失われた。新しい技術革新が生まれてこない中で雇用形態の変化、いわゆる働き方改革という名の元で非正規労働者が今や40％を超えている。全体賃金低下の要因になっており、逆にいえばこういうシステムの上に乗っかってかろうじて食いつないでいる企業も多数存在する。国内成熟の中、海外進出や輸出増で国内売り上げ減をカバーしてきた企業も多い。

世界的には人口が昨年80億人を突破、2050年には97億人、2100年に110億人で頭打ちと国連では推計しているようで、世界の人口増が経済を押し上げていくんだろうなと思う。

新興国の成長、新しい技術革新の出現、先進国や中国などの人口減少していく国もAI活用等で生産性を高め成長の余地は十分残されているのだろうと考えるが、先は読みづらい。いずれにしろ変革時代の中で勝ち組グループにいるか自ら資金力を持ってオリジナルな道を探るか、運不運も大いにあるが、勝ち組と負け組の差がますます拡大していく気がする（あくまで経済的な勝ち負けで人生の勝ち負けは別)。色々なことを考えさせられた呉の旅であった。

［呉～山口～益田～萩］

早い時間に呉を出発、在来線で広島へ行き新幹線で新山口、新山口からJR山口線で益田まで特急スーパーおきを利用。ここまではスムーズであったが、益田から東萩までの山陰本線のつなぎがなく乗り換えまで2時間40分待ちである。駅前に時間をつぶすようなところは全くなく観光案内で問い合わせてみた。バスで10分ほどのところにある雪舟作庭の医光寺と萬福寺というお寺を紹介されたので足を延ばしてみた。予定外であったが立派な庭で、これも旅の醍醐味である。

益田駅に戻り、13時12分発の1車両編成のワンマンカーで東萩駅14時23分到着。道中は左手に日本の田舎風景と右手に日本海の荒波を眺めながら、快適な時間を過ごした。駅前のホテルに荷物を預け、明日も朝早く出発のため、萩唯一の目的である松陰神社に徒歩20分ぐらいで行けるようなので歩いて行ってみることにした。ホテル横の道を松本川沿いにまっすぐまっすぐ歩き1回角を曲がった正面にあるとのこと。

江戸時代には毛利氏が治める長州藩の本拠地となった城下町として有名で司馬遼太郎の幕末小説である『世に棲む

日日』『花神』や大河ドラマ『花燃ゆ』は萩市が舞台になっている。松本川の向岸には松並木の中に古家が建ち並んでおり、いかにも歴史を感ずる景色である。

鳥居をくぐり松下村塾へ直行した。松陰神社は吉田松陰とその生徒たちを祭神とし1907年（明治40年）にともに松下村塾出身の伊藤博文と野村靖が中心となって創建。境内には松下村塾が現存している。江戸時代末期に存在した私塾であり、吉田松陰が指導した短い時期の塾生の中から幕末より明治期の日本を主導した人材を多く輩出した。

※伊藤博文（政治家)、久坂玄瑞（長州藩士）高杉晋作（尊王攘夷志士）他塾生約50名。乃木希典は玉木家の親せきに当たり、塾生ではないが、一時玉木家に（吉田松陰の叔父玉木文之進が開塾、松陰も指導を受けた）住み込んで文之進から指導を受ける。

建物は木造かわら葺平家建ての小舎で、当初からあった八畳と塾生が増え手狭になったため十畳半を増築。

吉田松陰は尊王攘夷思想で倒幕活動、思想家であり教育者（1830年9月20日～1859年11月21日)。叔父の玉木文之進により指導を受け、なんと9歳の時に明倫館（萩藩の藩校）の兵学師範に就任。11歳の時藩主毛利慶親への御前講義のでき栄えが見事で才能が認められた。江戸に出て佐久間象山などから西洋兵学を学んだ。考えられないくらいの天才である。

日本の現在の平均寿命は80歳台であるが、当時江戸時代は30歳台であったらしい。人生の最後が30歳台ということになれば、人生設計もかなり前倒しに凝縮されたものになるものと思われるが、成人といわれる元服が15歳当時でも相当幼い時から英才教育を受けたのだろう。長州藩士杉百合之助の次男として生まれ、5歳の時に藩の兵学師範を代々つとめていた吉田家の養子になり、6歳の時に養父が急逝。松陰は吉田家を継ぎ、山鹿流兵学師範となるべく叔父である玉木文之進の厳しい指導を受けた。そういう環境もあったであろうが、現代社会では想像もできない。

その後松陰神社から数百m歩いて登った団子岩と呼ばれる小高い風光明媚な場所にある吉田松陰とその家族、門下生が眠る墓に参り、ホテルに戻った。29年の密度の濃い短い人生を思いとにかく感銘を受けた。今の混沌とした日本に吉田松陰が甦ることがあれば救世主として大いに期待されることだろう。

[萩〜姫路]

今日は姫路まで行く予定。ホテルで朝食を済ませてJR山陰本線東萩駅8時40分発に乗り、益田駅まで1時間29分。

待ち時間があり山口線に乗り換え山口駅まで44分、さらに新山口駅まで20分。新山口駅で新幹線に乗り換え岡山駅まで34分、さらに乗り換え姫路駅到着が17時05分。4

回乗り換えで約3時間乗り換え待ち時間。所要時間8時間25分であったが、萩から姫路間の距離は約400km余りで、東海道新幹線であれば東京から岐阜羽島の少し先（駅はないが関ケ原辺り）で2時間は要さない。客の乗り換えに便利なように主要幹線はダイヤ設定していると思うが、少子化や特に地方の過疎化現象の中で、地方路線は利用客がサービス条件に合わせようとの意識転換が必要な時代に入ったと考える。便利なサービスが当たり前の時代ではなくなりつつある。「そんな急いでどこへ行く狭い日本」というぐらい気持ちに余裕を持ちたいものだ。

この夜は知人と旧交を温め翌日帰京した。旅に出れば頭が活性化するように思う。

経済発展・成長とは便利さと知的欲求の追求

私の物心がついた小学生のころをおぼろげな記憶を辿り思い返してみた（昭和30年代で第二次大戦後10年余り経た時代）。

父親も会社勤めのサラリーマンで小学校入学前には広島県の呉市にある社宅住まいであった。2階建て鉄筋コンクリート造りのアパート。風呂がなく歩いて10分ぐらいのところにある町の銭湯に通った。小さい子供にとってはプールに早変わりで泳いで溺れそうになり怒られたものだ。湯上がりには冷たいものを飲み、火照った身体を冷まし星空を眺めながら親に連れられ帰ったものだ。

小学1〜2年時には兵庫県尼崎市の阪急沿線の武庫之荘駅近くの4階建て鉄筋コンクリート造りのアパート風社宅。ここは2軒に1軒しか風呂が付いてなく我家は風呂がない方の部屋で向かいの家の風呂に1日おきに入れてもらっていた記憶がある。プライベートも明けっ広げだった時代である。それから当時白黒テレビが出始めたころで我家にはなく、街角の電器屋さんのテレビ前の人だかりの中で、夢中になって観戦したものだ。それが大相撲の栃若戦（栃錦、若乃花の横綱戦）であったり、プロレスの力道山であった。

小学3〜4年時には同じ尼崎市の阪神沿線の武庫川駅近くの古い戸建ての社宅。風呂は五右衛門風呂。かまどの上に直接すえる鉄の風呂で薪を燃やし湯を沸かしていた。入湯する時には浮きぶたを底板に利用していた。

思い出すのは当時父親の実家（農家）も五右衛門風呂で、盆と正月には父親に連れられて帰省し入浴したものだ。祖父は明治生まれで明治民法で制定された家制度でいえば、その家で家長として一番えらい人であった。戦後、民法改正で家制度は廃止されたが、いまも慣習として「家」という意識が残っている。当時一番風呂は必ず祖父が入り、風呂上がりは白っぽい越中ふんどしを皆の前で締めていた。後は適当に交代で入っていた。私の記憶にあるのは湯舟に垢が浮いており、1日の野良仕事の証だなと感じたことである。不潔感は全く感じなかった記憶がある。

あと、その古い戸建て社宅のトイレはどっぽん便所で、定期的にバキュームカーが来て汲み取りしていた。同様に祖父の家もどっぽん便所で家に3ヶ所、外にも1ヶ所あった。今も強烈に記憶として残っているのは、田舎の便所に入った時に大きな青大将が隅っこでとぐろを巻いており、それを祖父が手づかみで外に持っていって逃がしたことだ。田舎の家だから山も近くにあるし、すき間だらけなのでどこからでも入ってくるだろうし、子供なりに祖父の頼もしさを感じた。

脇道に逸れたが、社宅のどっぽん便所は、和風の水洗に変わり、今では洋式の温水洗浄便座付に進化。風呂も社宅には当然付いているし、ステンレスバス時代もあったが、今ではユニットバスである。

社宅の設備とは別であるが、洗濯はたらいに水をため、洗濯板で洗濯石けんをつけてごしごしとこすり汚れを落とし水洗。ゴムローラーで水分を絞り干していた。その後洗濯機が登場したが脱水機とは別々で洗剤の挿入や洗濯時間設定も手作業であった。今ではボタン一つで全自動である。掃除についてもほうきで掃きちり取りで集めたゴミをすくい取っていた。時には雑巾でふきそうじ。その後電気掃除機ができ、今やルンバではないが勝手に掃除をしてくれる自動掃除機である。冷蔵庫も当初は氷を貯蔵するもので氷も量り売りしており田舎では行商もあった。今や通常の冷蔵室とは別に冷凍室やチルド室、容量も大小様々、デザインも選べる。テレビもブラウン管から液晶、有機ELと軽く、薄く、画像は鮮明にとハード面だけでなく、地上波・BS・CS・ケーブル等々多専門チャンネル化で情報入手ができ知的欲求を満たしてくれる。

人の移動手段も車（自動車、二輪車、自転車他）、電車、新幹線、リニア新幹線（現在工事中）、航空機、船等々あるが、江戸時代（160年余り前）には徒歩がベースで駕（かご）や馬であった。第二次世界大戦後、昭和20年代ころは工場内の重量物の横持ちに牛車を使用していた旨父親から聞いたことがある。

昭和30年代から昭和40年代にモータリゼーション（自動車が社会と大衆に広く普及し生活必需品化する現象）が起こり日本の高度経済成長の原動力になった。その車も安全・環境規制・燃費向上・スタイリング等々テーマ追求の中で、足元では電子化が進み、さらに脱炭素という地球環境テーマから電気自動車へ大きく舵を切ろうとしている。さらに将来的には人手を介さない自動運転車の構想もある。

発展途上国は経済力をつければ、先進国が先進国になるまでに努力してきた中間段階を省き、いきなり先進国の仲間入りができるぐらいグローバルな世界の中で時計が早く回っているように思える。世界各国の事情があり、時間差があるだけで時間割表もみるみるスピードアップしている（足元は米中デカップリング＝分断、デリスキング＝リスク低減とか言われ、大国の主導権争い状況にある）。日本も江戸時代260年余りの鎖国から明治維新で開国し今に至るまでたかだか150年余りである。明治・大正・昭和と先代の日本人が努力してきたたまものである。先進国は経済的裕福になり成熟し物欲も薄まり、どこの国（アメリカ除き）も少子高齢化の中で、これまでのような経済成長は望めなくなる。

これまでガムシャラに家族のため、自分のために頑張ってきた集積が日本を豊かにしてきた。物欲的には足るを知る時代の中で日本が沈没してはならない。日本企業も新しい技術革新をするか付加価値をつけて労働生産性を上げていくかコスト競争力を上げていくか国内だけでなく世界市場の中で勝っていくか……。

一方世界平和を願いつつ、心の充足・やりがい・喜び・達成感・共感・幸福感・社会貢献等々本来の人間らしい精神的充実の追求も重要と考える。日本頑張れ！　日本人頑張れ！

水戸の梅まつりとWBC野球まつり

前日の天気予報で翌日好天だということでふと思い立ち3月19日まで水戸偕楽園で催されている梅まつりに行くことにした。東京駅八重洲南口朝一番7時発の水戸駅行き高速バスにツインチケット（往復）4400円を購入し乗車した。道路事情は順調で定刻9時10分到着、予定通りに2時間10分ほどで水戸駅南口に着いた。目ざすは偕楽園、水戸駅北口からバスが出ており駅から15分ほどで到着。

偕楽園は金沢の兼六園、岡山の後楽園と並ぶ「日本三名園」の一つで、天保13年（1842年）に水戸藩第9代藩主徳川斉昭によって造園された。梅の種類は100種3000本というのが公式数字のようであるが、色合い、枝ぶり、開花度……どれ一つとして同じものはない。桜のような華やかさはないが可憐である。園内には梅の異名「好文木」に由来する別荘好文亭があるが、千波湖が隣接してそこから眺める景色は壮大である。

帰りのバスから外を眺めていると恐らく水戸のメイン通りであろう銀杏坂という通り（国道50号線）沿いに立派な銀杏並木があったが、どれもこれも枝の根元から切断されている。確かに人間社会生活上マイナス面もある。落葉性の高木できれいに黄葉した後、初冬には一斉に落葉し処置に困るし雨にぬれた落葉が人間、車、自転車等スリップ原因になり危険。枝が道路にはみ出し、特にバス他大型車を傷つけ運行の妨げになる。どうも聞くところによると、鳥の糞公害と一部根腐れ発生ということで致し方ないことかもしれない。街路樹として「生きている化石」として絶滅危惧種に指定されている銀杏であるが、少し残念であり今回水戸に行って強く印象に残ったことである。

水戸駅12時発のバスに乗り、東京駅日本橋口の降車場に着いたのが14時30分近くであった。バスを降りて東京駅構内を通り抜け京葉線の方へ行きかけたが、黄色テープで新幹線北出口からそれに沿って人が並んでいる。周りからもれ聴こえてきたのはWBC日本代表が昨日京セラドームでオリックスとのナイターでの強化試合で大阪に泊り、今日新幹線移動でまもなく帰ってくるとのこと。偶然だったが選手他関係者がぞろぞろ出てきた。

隣のおばさんが「栗山監督」と呼んだのでこちらを振りかえった。目の前である。普通のおじさんである。隣のおばさんが会話していたが「大谷君の写真撮るより握手したい」と勝手に話している。

私もスマホカメラを構えていたが、また隣のおばさんが「大谷君」と声をあげたので一瞬遅れたがシャッターを切った。後ろ姿しか写っていないかと思ったが、どさくさまぎれで2〜3回シャッターを押したようで、真横からの横顔がクリアに写っていた。帰ってから現像し、妻、娘に配ったら大変喜んでいた。今一番話題の大谷選手のホットな写真である。これまでにこれほどまでに家族に感謝されたことはない。

今日出かけた目的は梅の花見であったが出合い頭というか偶然にもWBC選手団との遭遇であった。やはり家に籠(こも)っているより行動した方が、色々な出合い体験ができると強く思った。ただし、事件とか事故には遭遇したくないものである。

孫のおもちゃ選びに苦戦

翌日18日（土）にさいたま市（最寄りJR宮原駅）の会社借り上げ社宅に住んでいる息子宅に、妻と一緒に初めて家庭訪問予定である。4月14日に2歳（当時）の誕生日を迎える孫（男の子）におもちゃを買って持参しようと思い、自宅最寄り駅にあるスーパーのおもちゃ売り場に行った。

売り場面積も広く、何を基準に選んだら良いのか？ まずは年齢？ 男の子か女の子か性差？ 店員にも来月2歳になる男の子という最低条件で聞いてみたが、まず安全面（口に持っていっても大丈夫なもの他）と年齢区分が5歳までで1.5歳・2歳・3歳・4歳・5歳とおおむね1歳刻みで設計されているようだ。

18ヶ月未満の乳児でも性別によって玩具の選択が分かれるという結果があるようだ。例えば男の子なら乗り物、女の子なら人形。後、怪獣、昆虫に興味を示すのも男の子。一輪車は大体女の子が乗っており男の子が乗ってるのは余り見かけない。私はスポーツクラブに通っているが、隣接してゲームセンターがあり、そこにトーマスとアンパンマンの回転する乗り物が2つあるが、男の子はトーマス、女の子はアンパンマンとはっきり分かれている。不思議であるがDNAに組み込まれているのであろう。

どれにしようということだが。太鼓、タンバリン、笛等々音響玩具は喜ぶかもしれないが近所迷惑にならないか。ジグソーパズルでの知育も2歳なので大きな3〜4片の組み合わせであるのでつまらない。積み木も目と手指の共同作業を発達させ数学や科学の技能、そして想像力を芽生えさせるが、まだ2歳なので手指の運動機能が追いついてこないだろう。ましてやめんこ、ベーゴマ、ビー玉、おはじき等競争するゲームは競争心のかけらも芽生えてないのでまだまだ先である。初めは目で視る。耳で聴く。口に持っていき味と鼻で嗅い、手指で触りつかんで五感を刺激しながら頭脳が発育していくのであろう。そうして小学校に上がるころになればスマホでテレビゲーム、スマホ自体が大人にとってのおもちゃになっている時代である。結局おもちゃを買うのをあきらめ、本屋に行き親が読んで聴かせる絵本にした。

東北旅行、今回は太平洋側の都市へ

［東京〜盛岡］

東京発8時40分はやぶさ29号に乗り、10時55分に到着したのが盛岡駅であった。何故盛岡を選んだかというと今年ニューヨーク・タイムズ紙が「2023年に行くべき52ヶ所」にロンドンに次いで2番目に盛岡を選んだこと。もちろん私も初めて行く場所である。

構内の観光案内所で話を聞いて岩手銀行旧本店本館ともりおか啄木・賢治青春館それと酒蔵あさ開に決めた。構内の立ち食いそば屋でランチ600円（盛岡といえばそばであるが私はうどん好き＝うどんといなり2ヶセット）を食した後、駅近くのホテルに荷物を預けに向かった。駅前は名前を聞いたことがあるレンタカー会社が勢揃いで名所数ヶ所めぐるには車が便利なのだろう。

荷物を預けた後、循環バスでんでんむし左回りで岩手銀行旧本店本館を訪れた。バスは120円／回と安い。岩手銀行旧本店本館は東京駅設計で有名な辰野金吾によって設計され、明治44年に竣工した。ほんの10年余り前の2012年まで現役の銀行店舗として利用されていた。レンガと花崗岩を組み合わせたレトロな建物で辰野設計の東北唯一の建物らしい。内部を見学したが天井も高くホールは鹿鳴館風である。金庫は建物と一体となっており、15cmぐらいの厚みの鋼製の扉が二重ロックとなっており、開けば鉄格子の頑丈な扉が付いている。金庫扉の手前に隣接した部屋が支配人室であり、いわゆる金庫番である。

次に近くのもりおか啄木・賢治青春館（旧第九十銀行本店本館）に行った。歌人「石川啄木」と童話作家「宮沢賢治」が青春時代を過ごした盛岡で、作品や歴史を学ぶことができるスポットである。盛岡にはそういう文化、芸術を育む土壌があるのだろう。レンガ造りの美しい近代風建築物がノスタルジックである。

その後、あさ開酒造に電話をして見学依頼をしたら15時から大丈夫とのこと。歩いて15分ぐらいで到着したが、まだ時間的に余裕があり、たまたま近くの大慈寺に平民宰相といわれた原敬の墓所があり立ち寄った。南部藩士族の家に次男として生まれ、出は士族だが次男ということもあって平民となっていた。歴代の士族出身の首相に代わる、日本初の平民宰相として国民に歓迎された。しかし残念ながら1921年極右の19歳国鉄職員に東京駅で暗殺された。思いもかけなかったところに立ち寄れた。

あさ開酒造は南部藩士だった7代目村井源三が武士をやめ、1871年（明治4年）に創業。敷地内から湧き出る平成の名水百選に選ばれた仕込み水「大慈清水」と南部流伝承の技で醸した、きれいな中にも旨味のあるものが多いらしく、数々のコンテストで高く評価されている。見学させてもらったが、全国新酒鑑評会での数々の金賞受賞の賞状が見学コースの壁に展示されているのが大変印象的であった。「あさ開純米大辛口水神」と「純米吟醸白ラベル」1升ビン各1本を自宅に送った。歴史を感じる深い味わいで大変美味しかった。

その後ホテルに戻り、夕食はタクシー運転手に教えてもらった「番屋ながさわ」というところで、歴史は比較的浅いようだが古い和風造りでゆったりしたカウンターに案内された。その日は少し冷えていたので熱燗を呑むことにした。メニューから地元のあさ開、菊の司（1772年創業岩手県最古の酒蔵）、赤武（東日本大震災後大槌町から移転）の3種類3合呑むことに決めた。さかなは料理長おすすめの刺身盛合せ（6～7種類各2切）。上品な盛り付けで魚の種類も明記してあり、刺身は好きだが魚のことも余り知らない私にとっては有り難い。内陸部にある盛岡だが三陸漁港直送で1時間ぐらいで届くとのこと、新鮮であった。それと地元のアスパラガス焼も美味。

その後、店を出て2次会の場所探し（今回のタクシー運転手はママさん運転手で夜の世界とは無縁で情報とれなかった）。大通りの裏道の方の界隈は全体的に暗そうな雰囲気だったので、表通りに近い方へ行き、ビルに20軒ぐらいは入居している表看板の中で店のネーミングを見て決めることにした。

けばけばしい名前、ふざけたような名前、特殊なにおいのする名前等々のネーミングをするのは経営者の性格と共通するところがあるのでは？ 良識的な名前の「秋桜（コスモス）」を選び覗いてみた。そうすると常連客風の人とママが会話していたのでドアを閉めた。そうすると白髪混じりの上品なママが顔を出し「冷やかしですか？」とにこやかに声をかけてきた。「ええそうです」と笑顔で応えた。一見の客が常連客の邪魔をするほど厚顔ではないので遠慮した。

その後、たまたま隣に「マンボー」という店があり可愛らしいネーミングなので大丈夫だと判断し立ち寄った。ママも可憐な盛岡美人で安心できる店であった。そこでなんだかんだお互い会話。最後に歌を1曲ずつエール交換。若いサラリーマン風の男性3人が入店してきたので店を後にした。

盛岡の全体的な印象は岩手山や北上川等の大自然を背景にレトロなもの、モダンなものが混在し、歴史文化を感ずる大都会にはない味わいのある街である。

［盛岡～気仙沼］

早朝4時半に起床。クーポン券2000円を昨夜使い忘れたので近くのセブンイレブンで使うことにした。朝食のおにぎり、サンドイッチ、飲み物、新聞等買い込んだが、コンビニではなかなか使い切れない。余った分はカレー6箱購入し、会計2041円で実質41円支払いと経済的買い物であった。

盛岡駅発5時57分花巻経由釜石行きに乗り、日本ののどかな原風景を眺めながら、朝食を食べながら、新聞を読みながら気楽旅。釜石駅到着が9時前で、目に入ってきたのが大きな看板で「鉄と魚とラグビーの街」。そこで第三セクター三陸鉄道に乗り換え、釜石駅発9時35分で盛駅に向かった。2両編成であるが、1車両に2～3人しか乗客がいない。終点盛駅まで乗降客がほとんどいない。

震災復興は地盤の嵩（かさ）上げ、住宅も震災後新たに建てられたものが目立ち、インフラ等も大分修復されてきた印象を受ける。また10mぐらいだろうか、高い堤防がところどころ造られており折角の美しい自然のリアス海岸がもったいない。だが人命には替えられない。三陸鉄道もコロナ禍の影響、人口減少など厳しい環境で昨年3月期に赤字になっているようであるが、被災地域の生命線をぜひ将来にわたって存続してほしいと願うばかりである。やはり生活インフラである企業や学校等誘致して人の流れを作る必要性を感じた。全国の皆さん、ぜひ東北に旅行に来て三陸鉄道を応援してほしいものです。

椿の里盛駅到着10時27分。ここからは大船渡線盛駅発10時40分に乗り換え。隣のホームと言われたがレールがない。BRTのようだ（バス・ラピッド・トランジット）。以前は電車が走っていたが震災後早期復旧と予算との相談もあり、レール敷設よりBRTを選択したようだ。バス高速輸送システム（バス専用道）で信号などないため時刻通り走行できる。

一部途中から一般道に降り、被害の大きかった陸前高田を通った。海岸から体感的に約1kmは農地でもなく空き地で海岸近くの「奇跡の一本松」のところに高田松原津波復興祈念公園の施設があるだけで、海岸線から1kmほど入ったところから山側は10m前後土地を嵩(かさ)上げした上で街作りをやり直したようだ。

気仙沼駅に定刻通り12時前に到着。早速観光案内所に行き、情報を教えてもらった。漁業の町ということで湾岸エリアに魚市場とか飲食店街が集中しているようで、循環バスで10分ぐらいとのこと。駅前のホテルに荷物を預け湾岸地域に出てみることにした。

バス乗車時に整理券を取り降車時現金払いである。パスモ等のカード払いは不可。降車する地元のおばちゃん辺りを見ていると、バス停に停車後立ち上がり降車出口まで行って、おもむろにバッグから回数券を取り出し1枚1枚金額分をちぎっている。マイペース、地方時間である。「郷に入らば郷に従え」、地方に旅する時は必ず小銭を多目に持って時間もゆったり行動することである。目的地界隈に行き取り立てて興味あるところもなかったので、さんざ歩き回った末、疲れたのでホテルにバスで戻った。早目にチェックインし一時休憩。

夕食は駅近辺に飲食店はほとんどなく、案内所で聞いていた海側とは逆の「新富寿し」にタクシーで行き17時の開店一番乗り、ゆったりした店構えでゆったりしたカウンター（4席）に案内された。

早速メニューを見ると地酒が2種類、男山と角星で、今日も銚子3本呑むと決めた。食の方はまず大将のおすすめで刺身の盛り合わせと単品でホタテと焼きものはアナゴ。どれも逸品で新鮮さが違う。サラリーマン時代に東北経験のある友人から事前に気仙沼ではフカヒレとウニを食すようすすめられていたが、残念ながらウニ漁解禁は5月1日からとのこと、少し早かったようだ。気仙沼はムラサキウニだそうである。そこでフカヒレの茶碗むしを頼んだ。鮫を解体する工場は、アンモニア臭がきついので山中にあるそうだ。ヒレを乾燥させたり、身肉はすりつぶしてカマボコやはんぺんなど魚肉加工製品にしたり、低カロリー高タンパク質でほとんど捨てるところがないそうである。気仙沼では主にネズミザメという種類の鮫ではえ縄漁で獲るとのこと。大将との会話がより一層味覚を向上させている。

大阪やアメリカで修行してきたようで、亡くなった父親から母親が一時引き継ぎ、今は息子である大将が引き継いだとのこと、母上も元気で一緒に手伝われている。新しいアクションを起こしたいということで、数年前から出張してイベントに参加したり、個人的にもパーティーなど声がかかり出張仕事をしているとのこと。ただ地元の人からは開店日が出張で営業してないことが不評らしく悩んでいるとのこと。

少しぜい沢であったが、あの内容で会計は1万円を少し超える程度。東京だと数万円は取られるだろう。その日はおとなしくタクシーを呼んでもらいホテルに戻った。翌朝の朝食は6時半からのことであったが、気仙沼から一ノ関に行く大船渡線が昼間工事のため6時51分気仙沼発に乗らないとその日の目的地仙台に行けないため、朝食時間を少し早めてもらう旨、フロントに頼み早目に床に就いた。

[気仙沼〜一ノ関〜仙台]

あいにくの雨である。朝食を済ませ気仙沼駅発6時51分の電車に乗った。約1時間20分余りで一ノ関到着。まだ8時を回ったところであり、ふと中尊寺へ行こうと思いつき観光案内所へ行ったが、営業が9時からということで閉まっている。たまたま偶然にも隣にバス案内所があり、9時55分発で目の前のバス停から乗車すれば約20分とのこと。(その前にロッカーに荷物を預け)中尊寺バス停で5〜6人下車、その流れについていった。

まもなく登り坂で中尊寺まで560mと表示あり。結構な勾配があり、下がぬかるんでいるので歩きづらい。息を切らしながら、ようやく中尊寺本堂に着き参拝。国宝の金色堂はもう少し先のようである。門前のみやげ店の若い女の子に尋ねたところ「そっちです」の一言、笑顔なし。少し歩いてもう一度みやげ店のおばさんに尋ねると「後100m先です」と、笑顔で応えてくれた。余りにも対照的でやはり笑顔の大切さ、ゆとりの大切さを改めて感じた。

国宝金色堂は1124年造立、全体を金箔で覆い漆工芸や精緻な彫金を施して経典に説かれた「皆金色」の極楽浄土を表現。本尊である阿弥陀如来、観音菩薩、勢至菩薩さらに六体の地蔵菩薩と持国天、増長天がそれを囲み稀有な仏像構成になっている。金色堂はまた霊廟でもあり、初代藤原清衡公、二代基衡公、三代秀衡公のご遺体と四代泰衡公の首級が納められている。見事である。バスでJR一ノ関駅へ戻り、12時44分発小牛田駅乗り換えで仙台へ向かい14時過ぎに到着。

ホテルチェックイン後入浴、一休み。16時45分にタクシーを呼んでもらい今夕の目的先で青葉通りの日本三大横丁ともいわれる文化横丁の「源氏」という知る人ぞ知る居酒屋へ向かった。16時30分から営業しているということで、狭い路地を入り、曲がった突き当たりにあり入店。するとすでに6～7人の先客。古い佇まいで床は石だたみ、コの字の古木で囲まれたカウンターの中のスペースは約10畳ぐらいで、和服の年配の美人が注文を聞き、配膳、全ての客対応をしている（現在の接客対応はローテーションになっているとのこと）。全てカウンターで20人ぐらい入れるであろうか。聞くところ酒は浦霞純米、高清水辛口、国盛にごり酒、高清水初しぼりの4種とビールはサントリービール、エビス黒、の2種。呑めるのはMAX4杯までで、1杯の注文につき店側が都度肴を出してくれるというシステム。押しつけというより古くからのやり方で常連客も認識し静かに呑む場所である。

私は最初浦霞純米の熱燗、そうしたら肴にぬか漬と煮物の小鉢。次に高清水の熱燗には冷やっこ半丁にカツオ節、のり、青ネギがたっぷり。次ににごり酒冷やには刺身（タコ、ブリ他4種）。最後は初しぼり冷やにはおでん（最後の肴は定番でみそ汁かおでん選択）。勘定は4000円余り、滞在時間約1時間半。

創業は昭和25年とのこと、カウンターの古木には飲食時の幾多の人の想い出酒がしみ込んでいるのだろう。特殊な静かな空間を満喫。寄り道せずタクシーでホテルに帰った。

［仙台］

ホテルで朝食を食べ仙台駅まで出てロッカーに荷物を預けた。事前にパソコンで調べていた瑞鳳殿（伊達政宗公の墓所）に行く手段の観光循環バスるーぷる仙台バス停を探し9時30分に乗り込んだ。このバスのコースには他に仙台城、植物園等名所が何ヶ所かあり、数ヶ所行く場合は1日乗り放題乗車券が割安。1周回約1時間20分、私は1ヶ所の目的だったので約20分で着いた。他の皆さんの歩く方向について歩き出した。また急勾配だが昨日より短く、400～500mぐらい。瑞鳳殿は昭和20年終戦間近に空襲で焼失したのを復元したようだ。1637年に建立された伊達政宗公の霊屋は桃山の遺風を伝える豪華絢爛な廟建築で、

1931年に国宝に指定されるも戦災で焼失、1979年に再建された。伊達家三藩主の霊屋。

バス停に戻り次のバスも満員で大分降車したが乗り込む人も多く満員、アジア系の観光客が多い。連休前だがインバウンド客が大分戻ったようだ。仙台駅に戻ったが駅界隈も大変な人通りである。仙台駅で気仙沼で買えなかったフカヒレラーメン（約900円／1人前、少々お高い）と娘の好物の牛タンを仕入れ、新幹線で帰途についた。

今回の旅も全国旅行支援と地域クーポンとジパング倶楽部を利用しての１人旅であったが、人・食・酒・自然・交通・文化施設他十分に堪能したので次の旅の機会が待ち遠しい。旅から帰ってきたばかりでそういう想いにしばられている。今回の旅で残してきた足跡は私だけのものであり、これからも日本にもっともっと足跡を残していきたい。

小網神社〈強運厄除けと金運〉

今日は天気も良いし夕方から人形町で義兄との呑み会もあり、早目に出て小網神社に行くことにした。実は今年1月11日松の内も明けない（関西15日まで、関東7日までといわれている）時に御参りに行ってみたのだが、50ｍぐらいの長蛇の列になっており、係の人に尋ねると約2時間待ちということでその日はあきらめて帰った。

改めてのチャレンジであったが地下鉄日比谷線人形町駅から歩いて5分。表通りから少し入ったところに鎮座。強運厄除の神・東京銭洗い弁天の杜として知られ都内屈指のパワースポットといわれている。1466年に創建されたこの神社は東京大空襲の際に境内の建物が戦火から免れ、第二次世界大戦時に神社のお守りを持って出兵した兵士が全員無事帰還。

まず、小網神社に参拝し隣接している銭洗い弁天で1万円札を手に持って直接10秒ほど洗い清め（本来ざるに入れてだが、コロナ以降ざる不使用となっている）1～2分で乾いたので財布の一番奥に収めた。これで金運を授かるということなので期待が膨らむ。明日なのか1～2年後なのか死に際なのか時間軸は約束されていない。

今日も初めての経験をした。

精密機器メーカーの株主総会に出席

朝、食事を済ませ最寄り駅7時22分発のバスに乗り込んだ。朝から蒸し暑く、ただ株主総会は初めて出席するため上着を着て行った。気分は株主総会出席というより見学に近かった。この年で見聞を広めるというのも恥かしいが新鮮な気持ちだった。

JR京葉線舞浜駅から新木場駅まで行き、そこからりんかい線7時50分発の大宮駅行きに乗ると新宿駅着8時28分で自宅から1時間余り、便利である。会場はXホテルで新宿駅西口から東京都庁方面へぶらぶら歩いて行きホテルのトイレに寄り4階までエレベーターで昇る。Kの間が会場であるがエレベーターを降りると正面が受付になっており、両サイドには男女社員が丁寧にお出迎えである。受付で議決権行使書と免許証を提示し株主入場票を首にかけ会場に入ると、入口で紙パック入りのお茶サービスがあり、最前列でも後列でもないほどほどのところのイス席に着いた。時間は9時05分ですでに2人の姿が見えた。イス席が横11列縦10列の110席あり、最終的には70%ぐらいの席が埋まったであろうか。途中係の人に案内され中央最前列に数人座ったが、恐らくマスコミの関係者であろう。

瞑想にふけったり、お茶を飲んだりしていると10時直前会社側の関係者が20名近く座席に着いた。最前列中央寄りに議長である代表取締役（外国人）、取締役、社外取締役、新任取締役候補である。議長が外国人であるため、出席者はレシーバーを耳に付け同時通訳を聴く。事前に同時通訳用レシーバーの使用方法及びテストと留意事項（禁煙、撮影や録音は禁止）説明はあった。

初めに議長が開会宣言。次いで前期決算報告。次いで議案1の定款の一部訂正、議案2新任取締役採否の説明。それから会場出席株主からの質疑応答だが7〜8人が質問。それに対して基本的には議長が答えるが、中には議長が指名して役員が答えるケースもある。質問内容は一般的な当たり障りのないものもある。今回質問の中で株主利益を前面に押し出した質問としては「会社の業績の割には株主への配当が少ないのではないか？」。これに対しての会社側の答えは「業種も波風ある中で今後も安定的に配当していきたい」。うまく逃げた？と感じた。後は「新任の社外取締役のキャリアが医療関係とは全く違う中で専門的な判断などできないのでは？」。これに対して「確かに専門知識キャリアはないにしてもこれまでの幅広い活動の中での広い視野にもとづいた経営判断はできる」。何とでも答えられる？ その後は議案1、議案2について会場の参加者に議決の拍手を各々求め賛成多数につき可決宣言。株主総会までに議決権行使書を取り寄せ事前に賛成多数を確認済みで会場での拍手は形だけである。最後に議長が新任取締役を紹介し閉会宣言。終了したのは11時40分で1時間40分。

昔は総会屋なるものが株主としての権利行使を濫用して、会社から不当に金品を収受していたと聞く。株主総会の活性化を阻害する存在であり、1981年、1997年の2度の商法改正により、その活動が従来より制約された。2006年5月1日に施行された会社法では、株主の権利の行使に関する利益の供与として規制されている。

今回の株主総会初参加は、これまで頭に描いていた総会とほぼ想定通りであった。何事も実体験である。

心身癒された温泉1人旅

[四万(しま)温泉]

朝3時に起き全英オープンゴルフ最終日の松山英樹3アンダー13位を確認、5時から大リーグのエンゼルス対パイレーツをテレビ観戦しながら四万温泉1泊2日の旅行準備。最寄り駅7時22分発舞浜行きバスに乗り、舞浜駅から京葉線で東京駅8時ころに到着。

動く歩道ですれ違う人は丁度出勤時間帯ということもあり、サラリーマンばかり、真夏の一番暑い時でもあり上着なしの軽装クールビズ。目についたのが、特に若者がリュックサックを背負っており、若いOLも同様だ。リュックサックの色は黒でまず他の色は見かけない。昔は会社の書類なども一緒に入れた手提げかばんが一般的だったように思うが、リュックサックにパソコンを入れたりスマホも手から離せないからだろう。これも時代の変化なのだろう。

いつものパターンでほんのり屋に行き、おむすび2ケ、サラダ、唐揚げ、みそ汁で朝食を済ませ、東京駅八重洲南口高速バス乗り場から8時50分発中之条・四万温泉行きに乗車。宝町から入り首都高を抜け中央環状合流地点手前から渋滞、結局関越自動車道合流まで東京駅から50分要した。上里SAに10時30分に到着、トイレ休憩20分で降りたが炎天下で、そそくさとトイレだけ済ませバスに戻った。10時50分出発し渋川・伊香保ICから高速道路を降りたのが11時10分。降りてJR渋川駅で停車、その先は吾妻川沿いにさかのぼり、途中からその支流である四万川をさかのぼりその上流が終点である。渋川駅〜小野上温泉〜中之条駅入口〜沢渡温泉〜温泉口〜山口〜月見橋〜終点四万温泉（四万グランドホテル前）到着12時20分。

バス運転手に尋ねると今日の宿「中生館」は四万温泉の一番の奥座敷ということで、そこからさらに2kmほどさかのぼった突き当たりとのこと。15時のチェックインまで時間があるので、その界隈にそば屋が数件あるので昼食に利用。その後腹ごなしにぶらぶらしているとおみやげ兼喫茶店があったので一休み。そこで「中生館」の場所を確認すると近くに温泉協会があり、詳細マップをもらえるとのこと。温泉協会でマップをもらい歩き始める。左側崖下50mぐらいに四万川の清流があり、右側は切り立った山が迫っており車道も狭いところで3〜4m、上り坂なので結構きつい。四万グランドホテルのところが標高660mで、中生館がある場所が750mとのこと。

丁度チェックインの15時に到着。古風な和風旅館で玄関先も落ち着いた風情である。部屋に案内され和室で四万川のせせらぎが聞こえ心が休まる。窓の外を眺めるとすでに赤とんぼが多数飛んでおり、中生館まで上ってくる道中では紫陽花が生き生きと咲いており、日本の四季の変化は南北だけでなく、高低でもあることを改めて認識させられた。

ここの主人に聞くと四万温泉は三国山脈に発して南進する四万川の上流域に位置する秘湯、秘境。源泉が42ヶ所あり多い。ちなみに群馬3名湯である草津温泉は約半分、伊香保温泉はなんと2ヶ所しかないらしい。ただし1ヶ所からの涌出量が四万温泉は少ないとのこと。

四万温泉は端から端まで約7kmあり北から南へ日向見、ゆずりは、新湯、山口、温泉口と5つのブロックに点在している。温泉自体は「中生館」敷地内にある薬師堂の下が源泉で一番古いらしいが一番奥まったところにあり、不便で、宿自体は中央の少し開けた場所に創業の古い宿があるらしい。平安時代の初期、征夷大将軍坂上田村麻呂が入浴したことが四万温泉の始まりだという説もあるらしい。群馬県の北西部に位置し一山越えれば苗場スキー場、西へ行けば草津温泉というロケーションで新潟県と長野県の県境に近い。

中生館入館後しばらくして温泉に入った。内風呂は2ヶ所で内露天風呂付が1ヶ所。夏場は四万川沿いに露天風呂が1ヶ所あり開放されている。夜19時から21時は男女別になっているが他の時間帯は基本的に混浴。すぐ近くの小さな池の下から源泉（53〜54℃）を引いており、天然かけ流しの岩風呂温泉。中生館全部の風呂に入ったが、四万の病に効く湯ともいわれ飲めば胃腸に良いとのこと。無色・透明・無臭でしっとりと肌にやさしくなじむ美肌の湯としても知られている。良い湯であった。

入浴後夕食は外食で地酒、郷土料理を楽しもうと思っていたが、飲食店まで約2kmあり、熊も時々出没するとのこと、それも恐いので急遽宿の料理に切り替えたが心よく受けつけてもらった（ラッキー）。夕食は18時からであったが、里山で採れる山菜や川肴の田舎会席料理でお膳で部屋に運ばれてきた。品数も豊富でいかにも食欲をそそられる。まずビールで喉をうるおし、地酒（中之条町）貴娘の熱燗を頼んだ。五臓六腑にしみわたる。メニューを見ると珍しい岩魚の骨酒（2合）があったのでそれも味わった。魚のうま味が溶け出し大変満足。その後酔い心地で寝込んでしまったが、クーラーも扇風機も不要で厚目のふとんをかけて丁度良かった。

朝の目ざめもいつもよりスッキリ起床、朝風呂を頂戴した後朝食を馳走になり、その日の昼からのバスで帰京した。

四万温泉は昔から湯治客に人気があり、森と川に囲まれた閑静な温泉場でゆったり過ごせば心身とも癒されること間違いないことを今回初めて訪れたが確信した。

几帳面についての考察

国語辞典を引くと、物事を隅々まできちんとする様子。細かいところまで行き届き、きちんとしている様子。「几帳面な性格」「時間を几帳面に守る」：決まりや約束にかなうように正確に処理するさま。

類語　　まじめ、大まじめ

関連語　生まじめ、くそまじめ、忠実（まめ）、愚直（ぐちょく）、四角四面

・手紙を出せば必ず返事をくれる

・歯がゆいぐらい几帳面に拭いたり掃いたり磨いたりして1日が暮れる

職場で役立つ几帳面な性格特性とは？ 仕事の生産性や成果に影響を与える他、集中力が高く時間管理がうまく、締め切りや目標を達成するために有利な特性といえるだろう。

時間やタスク、作業スペースを整理する方法を改善するためにこの特性を習得するように努力することもできる。「几帳面ですよね」と言われたら、本来ほめ言葉として使われることが多いが、人によっては少しネガティブに捉える人もいるはず。似た言葉で「神経質」という表現があるが、これには「細かすぎる」というように行きすぎている印象がある。語源は平安時代に遡るが、間仕切りとして高貴な人が使う「几帳」という家具があった。几帳の角は削られて細かな細工が施し

てあった。その細工された部分を「几帳面」といい転じて隅々まで丁寧に作業されている様子を「几帳面」というようになった。

どんな特徴の性質か？

1. こだわりが強い

   強い一貫性を求める人が多い。多くはきれい好き。身の回りが常に整理整頓されていないと気が済まない。

2. まじめ

   ルールに沿ってマニュアル通り。省略しても良さそうなことでも手を抜かずきちんとやる。

3. ストレスを抱え込みやすい

   1人でマイペースでやる作業は問題ないが、他人が関わると思い通りにならないことも多く、人一倍気に病んでしまう。

「几帳面」

長所　1. 約束を守る。やり遂げる

　　　2. 何事も全力投球そして誠実

　　　3. ミスが少ない

短所　1. 作業に時間がかかる

　　　2. 人にも几帳面さを押しつける

　　　3. 融通が利かない

今回几帳面について考えたきっかけは、駐車場に車を駐車する時に駐車の仕方が各々あることを感じたこと。

我が家にもマイカーがありよく車で出かける。ゴルフ、スポーツクラブ、スーパー、コンビニ他目的地に出かけ、必ず駐車場にそこで用事する間止めておく。そこでたまに見かける光景だが、バックで駐車場スペースに入れるのに少し斜めになったり、端っこになったりで、何回もハンドルを切り直し、駐車枠のど真ん中に止めないと気が済まない人がいる。運転技術の問題もあるかもしれないが、大概が几帳面な人だ。左右に止める車に迷惑をかけないようにとの配慮もあると思う。駐車枠の中に入っていれば少々のことは問題ない。

私は駐車時、心がけているのは真ん中より少し右目を意識している。最近は車に同乗者なく1人運転が圧倒的に多い中で、自分自身の乗降は少しスペースが狭くなるが左隣の車からの乗降は広いし、ドアの開閉時ぶつけられるリスクも少ない。右隣の運転手の乗降にも迷惑をかけない。左ハンドルの外車や2人乗りや家族連れだと少し話は違うが。家族連れで最近売れ筋の7〜8人乗りのバンタイプの車などはスライド式ドアで乗降しやすい。

一例ではあるが「几帳面さ」はあらゆる行動に反映されるし、反対にずぼら、がさつな性格の人も同様である。

自然美と歴史に浸った１人旅

［郡山～会津坂下（ばんげ）～長岡］

今日は母の１年６ヶ月目の月命日である。旅に出る前にお墓に生花と線香を供えお参りした。心おきなく旅に出られる。昨日辺りの天気予報を聴いていると沖縄方面に台風13号が発生、関東方面にも７～８日ごろ影響が出そうだ。今日は郡山泊まりだが、７日は只見線の会津坂下から新潟の小出、さらに上越線で長岡。８日は長岡から上越新幹線で帰京予定。只見線は秘境線で１日上下線とも各７本しかなく、山間を走るのでより安全を考慮し、少しの風雨でも運転休止のリスクがあるだろうから、いやな予感を抱きながら計画実行すべく出発。東京駅発10時53分特急ひたち９号に乗車、水戸駅12時06分着。水戸から水郡線で郡山へ向かう。

水郡線は水戸から郡山39駅をつなぐローカル線で開業が明治時代1897年と古い。路線距離137.5kmの単線で通称奥久慈清流ライン。水戸駅13時15分発に乗車、それなりの人数が乗り込み、中学生風が多く見受けられた。４両編成でスタート、沿線は総じて田園風景ではあるが住宅密度もそれなりで駅間距離も短いということもあるが、それほど人里離れたど田舎という感じはない。ただ鉄筋３階建て以上の建物はまず見受けられない。特に各駅の駅前は住宅密度もそれなりで、水戸方面への通勤、通学の足になっている。

1時間20分で常磐大子駅に着いたが、後ろ3両がその駅で切り離され先頭車両のみ郡山終点まで行くということで移動した。次の下野宮駅までが茨城県でその次の矢祭山駅から福島県である。福島県側に入ると1両の座席がほぼ埋まっており一部立っている人もいる。人家もそれなりにあるが、余り乗降は見られない。学生もその時間帯は郡山から逆方向に帰るころなのだろう。いや郡山の一駅手前の安積永盛駅から学生が多数乗り込んできて終点の郡山駅で全員降りた。福島県の福島市は県庁所在地ではあるが、郡山市の方が人口も30万人以上と多く、商工業都市として栄え交通の要所でもある。

駅から歩いて数分のXホテルにチェックイン。どうも住所が大町1丁目で郡山の歓楽街のど真ん中に位置しているらしい。ある意味結果的に一番良いロケーションのホテルを予約した。郡山は観光時間が取れず、一番の目的は夕食である。

夕方良い時間になったのでホテルを出てホテル周辺を徘徊して、表の構えが古風で店内もゆったりした様子の「炉端ばんざい」に入店。まず瓶ビール「モルツ」と刺身（赤イカとホタテ）、炙り牛のウニ巻きを味わったが、北海道から直接仕入れているようで上々であった。次にやはり日本酒の燗酒を呑みたいので福島県天栄村（白河と会津の間）の廣戸川の純米と肴（アスパラ1本巻きと肉厚椎茸）を注文。箸もすすみ酔いも進む中で、会津の地酒宮泉の熱燗1合を追加した。誠に美味で郡山の良い店、良酒に乾杯である。しめはさっぱりした釜上げうどん。会計を済まし、寄り道をする2軒目を聞いてみると、通りをはさんで向かいのビルの2階の「華縁」という店が安心して呑めるということで立ち寄ってみた。

ドアに会員制の店という表示があったが、ドアを少し開けてみるとカウンターの中に恐らく30～40代に見受けられるママがおり、事情を話すと快く受け入れてくれた。「華縁」＝かえんという名前の響きが懐かしく、大分昔に遡るが昭和60年代初めのサラリーマン時代、大阪支社に勤務していた時、大阪難波の宗右衛門町を少し入ったあるビル1階に「華園」という小ぢんまりしたスナックがありよく通ったものだ。そんな話を仙台出身のママと話し1～2曲歌って、徒歩1分のXホテルに戻った。

後から歓楽街の大町1丁目を調べてみると、半世紀近く前ヤクザの抗争で発砲事件が頻発したのもこの辺りで、夜の店が人口比率で日本一多く、東北有数の繁華街だったらしい。東北のシカゴと呼ばれたアウトロー都市のような時代もあったらしいが、今は「音楽都市」だの「楽都郡山」だの「東北のウィーン」だのとやたら音楽でアピールしているようだ。

[会津坂下]

朝9時過ぎにバイキング形式の朝食を食したが、バラエティーに富んで大変美味であった。その後チェックアウト、郡山駅へ直行する。磐越西線郡山駅発10時15分快速あいづ1号会津若松行きに乗車。11時21分会津若松駅到着。次は只見線会津若松駅13時5分発までの時間、会津若松駅で孫たちへのおみやげ調達（赤べこ絵入りTシャツ、羊かん）。

今回の一番の旅目的は只見線に乗ること。実は六角精児さんの呑み鉄旅番組で紹介され全国屈指の秘境路線で会津若松駅から新潟／小出駅まで36駅135.2km。2011年豪雨で複数の橋梁が流失するなど甚大な被害を受けて、ようやく約11年ぶりに2022年10月1日全線運転再開。その復旧に六角精児さん自身も協力された非常に愛着ある路線とのこと。

13時5分に乗ると会津坂下駅13時50分着。只見線沿線では会津若松に次ぐ開けた街と聞いており、民家も多い。会津坂下駅も無人駅ではないが、コインロッカーもなく、構内にはタクシーもいない。荷物を預けて街を散策しようと思っていたがロッカーもなくあいにくの雨、チェックインには少し早かったがホテルに電話、道順を聞き迷いながらも辿り着いた。30分少し要した。チェックイン後街に出た。

まずこれも六角精児さんの番組で紹介されていた廣木酒造本店という酒蔵に寄ってみることにした。新潟と会津を結ぶ旧街道沿いの宿場町に立地しており、入って少し話を聞いてみることにした。

江戸時代創業の今は９代目の時代。江戸時代は旅人が馬をつなぎ木製のカウンター（当時のものそのまま）で日本酒を振る舞われていたとのこと。造られているブランドは二種類で飛露喜と泉川。店のコンセプトが二つあり、一つは生詰飛露喜で全国限られた提携先のみ販売。二つは火入れ泉川で家庭呑みを楽しんでもらう。小規模な酒蔵で常に需要＞供給状態で基本的には直売りはしない。ただランダムに店先に紙を張り出して少量直売りすることもあるとのこと。その日程は予告なしで店の職員にも知らせていないらしい。中には店の外に張りついて待っているファンもいるとのことで30分で売り切れるらしい。その界隈に豊国酒造と曙酒造合わせて３蔵が会津坂下町の酒蔵として集中している。

近くに販売店の五ノ井商店があったので入ってみた。福島県の銘酒が並んでいたので、まずは廣木酒造本店の飛露喜と泉川を聞いてみたが品切れとのこと。私は純米酒を燗で呑むのが好きなのでと話すと、喜多方の奈良萬をすすめられたので1.8L１本とこれと会津若松／宮泉銘醸の写楽もなかなか手に入らないとのことで700ml／本、それと会津坂下の地酒「豊国」と曙酒造の「天明」の計4本を自宅に送るよう手配した。

そこを後にして少し歩き、戊辰戦争で会津軍から独立した娘子隊（じょうしたい）を結成し、会津のために戦死した中野竹子の墓がある法界寺に立ち寄った。そこには同じ会津坂下町出身の昭和の大作曲家猪俣公章の墓もあり手を合わせた。また駅構内には同町出身の演歌歌手春日八郎のブロンズ像があり、ボタンを押すと代表曲でもある「別れの一本杉」のメロディーが流れる。夕方近くになったので、ホテルに戻る道中で適当に夕食をしようと思いながら歩くが、それらしい店が見つからない。ホテルの近くまで戻ったところにラーメン店とドライブインがあったがまだ営業しておらず、結局コンビニで仕入れ、夕食は簡単に済ませた。

ホテルは古い造りのビジネスホテルで当日は19室全て満室とのこと。会津坂下町にはビジネスホテルが少なく、観光客というより工事業者（トンネル工事、電力関係工事他）の利用が多いとのこと。部屋に入ると古いユニットバスで水を出すのに栓が固すぎてひねるのにひと苦労、口をゆすぐコップが一般家庭で使っているような使い古されたプラスチックコップが無造作に置かれている。電話はダイヤル回転式。テレビも骨董品のような有名ブランドではない。

置き時計は止まっている。ゴミ箱もなく、ビニール袋がかけてあり、それを使うということだろう。枕灯がなくベッドで読書できず、寝る時はベッドから下りて消灯。朝食券は手書きで使い回し。壁紙の一部が別の色の壁紙になっており、触ってみるとどうも穴があいているようだ。夜消灯し眠りにつくのに何か音がするので耳を澄ますと、隣の部屋の人のいびきのようだ。

こういうホテルは初めての体験であったが、損をしたとか居心地が最悪だったとか不平不満は不思議に感じなかった。リピーター客・長期滞在客も多いようだし、家族的な雰囲気の中でホテル経営をしているようだ。地元に根付いてなくてはならない存在になっているようだ。

[長岡]

朝電車が早いので朝食を早めてもらい5時50分。年配のおばさんが1人でやりくりされているようで、秋ナス漬物と煮物、目玉焼、ウインナー、焼き鮭、みそ汁と家庭料理をかき込み、すぐホテルを後にした。

会津坂下駅までタクシーを前日頼んだのだが、運転手不足で対応できないとのこと。この辺りは会津若松方面への勤めはマイカー、呑みに行ったら代行サービスを利用とタクシー利用者も少ないようだ。電車、バスの利用者も朝夕学生がほとんど。食堂のおばさんに教えてもらった最短でわかりやすい道を急ぎ足で駅に向かった。約20分で到着。

6時47分当駅発新潟／小出駅行きの下りの反対側上り会津若松方面行きホームを見ると、何と100人ぐらいの学生と2〜3人の一般人。おばさんの言う通りである。すぐ1両編成の小出行きが来たので、乗車したが満席。車内を眺めると年配の旅行者ばかりで上下線で大分対照的である。

会津坂下駅を出てしばらく行くと山間に入る。時々車内アナウンスがあり、絶景ポイントを教えてくれるので、皆車窓からカメラ撮影。何ヶ所かスピードを落として走行してくれる、まさしく絶景である。小出駅には10時41分到着、約4時間要し、内2時間30分くらい立ち詰めであった。全体的に山、川、林が織り成す壮大な自然美に圧倒された。言葉での表現ではなく空気感も含めて感ずるものだと思う。

上越線小出発11時12分に乗り換えて長岡駅に11時48分到着。観光案内所によれば、長岡というと花火で、駅前の市役所の一角にあるシアターで映像が見られるらしい。後は一駅信越本線で柏崎方面に行った宮内駅界隈が醸造（酒・みそ・しょうゆ）の町ということで紹介された。それと市内に山本五十六記念館、河井継之助記念館なども紹介された。まず宿泊ホテルに荷物を預けに行った。

まず市役所の花火シアターに行ってみると、約50人収容できるところを私1人貸し切りで、映像を15分ぐらい拝見。無料である。毎年8月1日と2日の2日間で全国から

100万人の観客が、信濃川河川敷に集まるようだ。何といっても大型花火の連続打ち上げ、中でも3尺玉（直径90cm 300kg）3連発、壮大で日本一、世界一のスケールだろうと感動。生だと数倍感動するなと確信した。

そこを出て信越線長岡13時27分発で宮内駅へ向かった。観光案内所で教えてもらった摂田屋一角に酒・みそ・しょうゆなどを醸造する蔵元が多く残っており麹の香り漂う町。新潟県で創業が最も古いと聞いている酒造会社「吉乃川」や地元で「旧三国街道」と呼ばれ親しまれている旧街道の他戊辰戦争の際に長岡藩本陣だった「光福寺」、鏝(こて)絵の蔵「旧機那サフラン酒製造本舗」など登録有形文化財や歴史的建造物が多く残る歴史の町でもある。散策にはもってこいの街を1時間弱歩いて歴史に浸った。

長岡へ引き返しホテルにチェックイン、しばし休憩。17時を回ったので長岡で一番の歓楽街である殿町（駅から徒歩7～8分）界隈の探検にブラブラ歩いた。まだ時間が早かったのかネオンも人通りもなく、いずれにしろいささか疲れも残っていたので駅方面に戻ったところに大好物のお好み焼屋があったので入店。70歳台後半であろうか夫婦2人でやっているようだ。体格の良い奥さんがどっかり座り旦那が注文を聞き、配膳をやっているというよりやらされているように見受けられた。

どのテーブルにするか考えていたら即座に奥さんが「そ

こにして下さい」と指定された。メニューを見て中生ビールと山いも千切、それに冷奴を旦那に注文したところ、また奥さんがダミ声で「ボリュームあるよ」と暗に食べ切れないとでも言いたいような口振り。強い口調で言われ、まるで怒られているようで、気の小さい私は冷奴をエノキバター焼に切り替えた。ある程度食が進んだところで地酒「鶴齢」の2合の熱燗を頼んだ。次いで締めのお好み焼「イカ天」「エビ天」2枚を頼んだら、また奥さんが野太い声で「ボリュームあるよ。食べ切れなかったら罰金だよ」とこれまた大きな強い口調。決して冗談で言ってるように聞こえない。変な店に入ったなと思いつつ、「お好み焼は大好きだから大丈夫」と腹立たしさを抑えながら大きな声で返答。奥さん無言。そのやりとりを見て横の方にいた若い男子2人連れが、追加注文するのに恐る恐る下手に注文している。場所が駅前だし夫婦2人だけでやっているので営業できているんだと自分に言い聞かせながら固定客はいないだろうと想像した。

　お好み焼2枚をペロッと平らげ旦那に会計を頼むと旦那も「よく2枚食べられましたね」と笑顔。私「美味しかったです。後2～3枚は大丈夫ですよ。罰金取られなくて良かったです」と少しいや味を言い残して店を後にした。奥さん無言。こういうことも初めての経験。だからこのように書き残せるのだと思う。

翌日は山本五十六記念館と河井継之助記念館を見学して、昼から遅めの新幹線で帰る予定をしていたが、台風が関東に上陸しそうだという予報のため、新幹線に閉じ込められたら大変だということで早めて帰京。

今回の旅で一つ感じたのは、宿の朝食も旅の大きな楽しみの一つだということである。私は夕食は旅先の地元で地酒、郷土料理を味わうが、最近はどこの宿も人手不足のせいか朝食はバイキング形式のところが圧倒的に多い。今回会津坂下は田舎のおばさんの家庭料理風。長岡のビジネスホテルはごく一般的なバイキング料理であった。その中で郡山のXホテルは品数は豊富でどの料理も味わい深く、これまで私が利用した中では一番充実した内容であった。また郡山に行くことがあったらこのXホテルをぜひ利用したいと思う。トータル利用料金も長岡のホテルより割安であった。宿泊のホテル選定には胃袋がキーポイントである。

白内障手術

年々視力も落ちてきて、ゴルフの白球も見えづらくなり、ゴルフ仲間も5月に白内障手術を受け当初0.4の視力が1.2に回復したということも聞いていた。故に思い切って手術をしようと思い立ち、最寄り駅近くのイナガキ眼科に行った。今から約9年前に左目の網膜剥離で、自宅近くの総合病院で手術を受け8日間ほど入院したことがあった。それ故にそちらでも良かったのだが、若い学生の実験台にされても恐いなと思い、インターネットで調べ一番自宅からも近いのでそこに決めた。たまたま隣のご主人（81歳、当時）もそのころイナガキ眼科で白内障手術を受けたと聞き、評判もすこぶる良かった。

8月18日（金）11時55分に受付を済ませたが、待合室は一杯で外の廊下にも4～5人待っており、言い方はおかしいかもしれないが盛況である。渡されたアンケート（目の症状、既往症……）に記入し待っていると12時30分に呼ばれ事前検査。検査内容は1. 大まかな視力検査　2. 眼底検査　3. 精密視力検査であった。

13時、診察室1：若い男の先生

・目の検査　以前網膜剥離手術

・目の自覚症状

ゴルフボール最近見えづらい

周りに白内障手術でクリアになった人いる。

↓他の緑内障等チェック

眼底検査のための瞳孔を開く目薬

↓

隣室で10分待機眼底検査

13時40分、診察室2：若い女の先生

・白内障の程度中程度（両目も同程度）
・緑内障は大丈夫
中程度で手術される方多い。もう少し先にされる方もいる。
↓
どの道するなら早くした方が世の中明るくなるだろうしお願いします。
↓
網膜剥離の左目の状態を再度じっくりチェック。
（上、斜め右上、右横、斜め右下、真下、斜め左下、左横、斜め左上の8方向）
↓
剥離部分はしっかりくっついており問題なし
↓
スタッフと手術日程相談して下さい。

待合室　おおむね日程決定

片目	10月6日（金）	手術
	10月7日（土）	眼帯はずし通院
	10月10日（火）	検査通院
片目	10月13日（金）	手術
	10月14日（土）	眼帯はずし通院
	10月16日（月）	検査通院

※9月20日（水）15時30分～手術の事前説明

日程を決めた後、さらに検査

1. 目の細胞数チェック（2000以上あれば正常）
2. 目の長さ（奥行）検査

通常成人　24mm
遠視　23mm
近視　25〜26mm

検査治療代2600円（2割自己負担）支払い、眼科を出たのが14時20分。約2時間半。初診だし、そんなもんだろうと変に納得。

白内障手術事前説明

9月20日（水）15時30分の予約時間に行き執刀医師より事前説明を受ける。

手術概要説明を聞き、何か質問があればこちら側から投げかける。

手術前日まではスポーツ他通常生活をして何の支障もなし。

手術後1週間は洗髪、洗顔他首から上を入浴し洗うことも御法度。目に細菌、ウイルス侵入を防ぐためで、眼球が安定するまで約1ヶ月要す。アルコール、激しい運動（散歩ぐらいはOK）も控えるとのこと。

手術3日前から朝、昼、夜（3回／日）処方された目薬を点眼、手術当日はもう1種類の目薬を9時、9時15分、9時30分の3回点眼し10時に通院。午前中は高齢者から順番に手術するとのことで人によって手術時間マチマチのため（平均オペレーター室へ入室して出室まで約15分）待機とのこと。後は手術に当たり家族の同意書（妻の署名、捺印）を後日提出。

白内障手術当日（右眼）

10月6日（金）10時前に通院し診察券と保険証を受付に提示。待合室で待っていると係の人が来たので手術同意書、事前目薬チェックシート、目薬実物を手渡し。その時に術眼の右眼の上に目印テープ貼付し、術眼に痛み止めと開孔3種を点眼。それから10分後に開孔3種を点眼。それからさらに10分後に痛み止めと開孔3種を点眼し右眼回りを消毒。

それから着替え室に移動し、メガネ、マスクを取りはずし、靴をスリッパにはき替え、手術着を着用。頭にカバー、右耳に耳栓（術時消毒液が入らないように）し、10時50分ころ手術室に入室。先生にアシスタント含め女性ばかり4人。「宜しくお願いします」と声をかけ手術台に座りリクライニング（後ろ倒し）。

1. 右人差し指パルスオキシメータ装着（血液中O_2濃度計）
2. 左腕に血圧計
3. 顔にカバー、右眼だけ露出

右眼消毒液？ 開孔液？

「3点の光が見えるのでそれを直視して下さい」

私「ハイ」

「少し音が聞こえてきます」　私「ハイ」

「痛くないですか」　私「大丈夫です」

「水を入れます」　私「ハイ」

「うまく行ってますよ」　私「ハイ」

※手術概略

①目の外側薄膜少しカット

②超音波で白濁した水晶体を破壊

③破壊した水晶体を吸い取る

④新しい樹脂水晶体を装入

手術中考えていたことは身体全体の力を抜いてリラックスしておこう。そういう意識は持っているものの無意識の内に手に力、身体も硬くなっていたようだ。手術中2〜3回その意識と無意識を繰り返していたように思う。身体にメスが入るということで自然に防御本能が働いたのだと思う。

後、先程の手術概要の中で、今どの工程をやっているのかを思いめぐらせていたらわからないまま、その内先生が「終わりました」「お疲れさま」。眼帯をつけてもらい、私「ありがとうございました」。手術室を出たのは11時05分。

会計18000円（自己負担2割）を払い後、薬局で抗生物質（飲み薬）と目薬3種をもらい歩いて帰宅。抗生物質は飲み切り、目薬は先生からストップがかかるまで朝、昼、夕、就寝時の4回／日点眼。

翌日9時45分通院、術眼の次の検査。眼帯はこの日はずし、就寝時だけ3日ほど着用。

1. 近視、遠視、乱視度を測定
2. 眼圧検査
3. 眼表面の細胞数チェック
4. 視力0.9（術前0.2）→10日の検査で1.2まで改善

医師の術後検査

「手術はうまくいったので安心して下さい。少し炎症があるので点眼を継続して下さい」。この日は30分くらいで開放された。

次は休み明けの10日に検査予定。検査はその後1週間後、2～3週間後、1ヶ月後、3ヶ月後、6ヶ月後…。次は左眼の手術予定が右眼の1週間後の13日（金）予定で右眼と同様の検査スケジュールが待っている。

13日の左眼の手術も無事終了し順調である。右眼・左眼に3種の目薬を4回／日点眼するのが必要で約1ヶ月。その後種類は1種類に減る予定だが、さらに1～2ヶ月点眼が必要とのこと。忘れないように机に目薬というメモを貼付している。ゴルフ仲間が白内障手術して良かったという先例が決断を後押しした。案ずるより産むが易しである。

それから経費的には白内障手術費（両眼）18000円（目薬

代別途)、左眼手術費用は請求されなかった。後から市役所の国民健康保険課に問い合わせてみると、年齢70歳以上で昨年収入0（年金は別）自己負担2割条件の人は、「一般」という区分で上限18000円／月ということらしい。私の場合たまたま10月に両眼の手術をしたからであって、10月と11月2ヶ月にまたがっていたら18000円×2＝36000円請求されていた。知っているといないでは大違いである。

それと私自身が加入している民間の医療保険に問い合わせると白内障手術片眼定額50000円で両眼で100000円である。それと日帰り手術ではあるが、1日見なし入院手術ということで5000円／日×2＝10000円。手術後の検査通院についても3000円／日当たりの通院回数分が支払われる。ある意味焼け太りといえばそうだが、毎月きちんと保険料を支払っているし、規定通りなので当然の権利である。これも自ら請求しない限り誰も払ってくれません。お忘れなきよう！

基準地価日本一の明治屋銀座ビルに入居する椿屋珈琲を探検

今日は先日の基準地価発表で今年日本一になった明治屋銀座ビルに入居する椿屋珈琲にチャレンジしてみた。平日は10時開店ということでその時間に合わせて行ってみた。

当ビルの地下1階に入っているのだが、入口にメニューがあるものの価格は未表示。ただモーニングサービスが展示されており、トースト＆ハムサラダにコーヒー付きで税込1380円。想定より安いと感じたが、まずは階段を下りて入店するのに赤いじゅうたんが階段下り口のところから敷いてあり高級感を醸し出している。入口を入ると可愛いお嬢さんが席へ案内してくれる。注文するのは最初からブレンドコーヒーと決めていたので、メニューで値段確認すると1150円で、こちらを注文。室内は間仕切りに一部ステンドグラスが使用され、照明、BGMはクラシック、イス、テーブルと大正ロマン溢れる空間でアンティークな雰囲気である。しばらくすると、ウエートレスが席まで来てサイフォンから直接コーヒーカップに注いでくれる。伝票は革のケースに入っている。テーブルとイスのスペースで約1m²＝4010万円（今年日本一の基準地価）の空間を独占していると高貴な身分に浸っている感じもする。地価だけから判断すると街のコーヒーの100倍ぐらい？の価格じゃないと合わない気もするが、家賃はせいぜい数倍から数十倍であろうか？ 足元の収益以外の高級ブランドイメージ作りは相当な宣伝効果はあるであろう。

ちなみに椿屋珈琲界隈の喫茶店を1～2店梯子（はしご）してみたが、ブレンドコーヒー1杯おおむね700円台であった。銀座7丁目には400円弱と破格の店もある。

明治屋銀座ビルは7階建てで1～4階にはdunhillが入居。並びに銀座凮月堂、カルティエ……4丁目に続く。銀座通りをはさんで向かいにティファニー、ブルガリ、ルイ・ヴィトン、シャネルと有名ブランドが並び……4丁目に続く。基準地価日本一の現場とはどんなところだろうと思い立ち、実際に現地に行ってみての街角ウオッチャーで私なりの気づきであった。

銀座博品館まで銀ブラ

椿屋珈琲からの流れで銀座2丁目から8丁目へ向けて銀ブラをした。次の目的地は博品館である。平日午前ある民放で放映している番組で、T氏が博品館に立ち寄り手品コーナーで赤いゴムボールを1ケから2ケ、3ケに増やしたり、逆に1ケにしたりという手品を実践していたので、孫に試したらおもしろいかなと思いつき行ってみた。

まず4階のそのコーナーに行って、事情を話したら係の人もすぐピンときて、放映直後から即売り切れ状態で、メーカー在庫もなく次の入荷見通しも未定とのこと。この時はテレビの影響力のすごさを改めて感じた。私と同じようなことを考えた人が、他にいても不思議ではない。それはあきらめたが、折角なので簡単にできる手品を係の人に聞き1品仕入れた。素人がやるにしても種も仕掛けもあっても、やはり鍛錬しなくてはならないものが多いとのこと。

この博品館は8階建てで下のような売り場になっている。

8F	劇場
5～6F	レストラン
4F	ゲーム、ホビー、レーシング
3F	おもちゃ
2F	ぬいぐるみ＆キャラクター
1F	イベント＆バラエティーグッズ
B1F	ファッションドールパーク（リカちゃん、バービー、キューピー……）

ここに孫を連れてきたら、1日中放っておいても飽きることなく夢中になって遊んでいるだろうと想像する。乳幼児から高校生まで、いや大人も含めて興味津々だろう。家族で来て子供を遊ばせ、大人は博品館劇場で芝居や落語を楽しみ、帰りにレストランで皆で夕食を食べ、1日家族全員が充実して過ごせる。よく考えたものだ。

銀座から将棋会館へ

博品館からの流れで千駄ケ谷にある将棋会館に行ってみることにした。先日、永瀬王座からタイトルを奪取、藤井八冠が誕生し将棋界も注目が集まっており、私自身もヘボながら昔から将棋を嗜んでいて興味を持っていた。

地下鉄銀座線新橋駅から外苑前まで行き、ブラブラ散歩しながら、迷いながら、人に尋ねながら、ようやく辿り着いた。

今最も旬で脚光を浴びている将棋界らしく、入口付近で親子がインタビューを受けているようだった。入口を入るとカメラが客を映していた。

建物は5階建てで、歴史を刻んで大分古くなってきているようで、各階次のような構成になっている。

4〜5F　対局室
3F　　 事務室
2F　　 道場
1F　　 売店
B1F　　事務室

1階のグッズ売り場は比較的手狭で、そこに将棋盤・駒・扇子・タオル他販売しており、記念の手みやげに藤井八冠の自筆プリント入り（大志、飛翔、果断、温故知新）タオル1枚770円を4枚と同じく自筆プリント入り（探究）扇子1980円を購入した。私の前のお客様はまとめ買いされているようで5万円強の買い物をされたようである。

2階の道場に上がってみると、入場に際しての次のような表示があった。

※土日割増

	平日	平日16時以降
一般	1200円	900円
学生 65歳以上 支部会員	1000円	800円
女性 高校生 障がい者	800円	600円
子供 （中学生以下）	600円	400円

※立見無料　ただし5分程度

私は社会見学なので立ち見で入った。部屋には約30の将棋盤が置いてあり、すでに対局中の人、対局待ちの人もいる。対局相手は、受付の方で同程度の棋力の人を選んでくれるようだ。ある一角では師範棋士（大島映二八段）が3人を相手に対局中であったが、日替わりで大体引退棋士が指導しており、指導対局料はサービス券3枚か現金1500円で受けられる。その人の棋力の認定もしてくれるとのこと。この日もまた見聞を広めた。

帰宅してインターネットで将棋の歴史他を調べてみた。将棋界は江戸時代の約260年間、徳川幕府の庇護を受けて初代の大橋宗桂以来、「家元制度」の元で三家（大橋家・大橋分家・伊藤家）より世襲の名人が出て、伝統と歴史を積み重ねてきた。しかし明治維新で江戸幕府崩壊により家元制度は有名無実のものとなった。1893年11世名人伊藤宗印の死去を最後に家元制度は終焉を告げる。

ただ庶民の間に将棋は根強く生き残り、次第に再興に向けて動き出す。1921年に13世名人を襲位した関根金次郎は、1935年それまでの終生就位であった名人位を実力による短期名人制へと移行する大英断を下した。

1924年9月8日に東京の棋士が団結し、「東京将棋連盟」を結成、名誉会長に関根金次郎、会長に土居市太郎が就任。1927年関西の棋士も合流「日本将棋連盟」となり、戦後1947年会長に木村義雄が就任。1949年7月29日社団法人となり、2011年4月1日公益社団法人となり、2024年には創立100周年の大きな節目を迎えることになる。それに合わせて将棋会館も、関東が千駄ケ谷駅前にヒューリックが建築中の複合高層ビルに、関西は高槻市の方に移転予定。

余談になるが、戦後の棋士の名簿を見ると番号が1番から振られており、ちなみに1番の棋士は金易二郎、2番が木村義雄となっており、私が調べた時点（2023年10月18日）では340番まであった。当然現役も含まれており170人余りである。藤井八冠（当時）は307番21歳である。

プロフェッショナルの世界は、どの業界も大変厳しいことはいわずもがなである。肉体を極限まで追い詰めたり、また昼夜逆転の生活を強いられたり、あるいは生命のリスクを常に感じながらの仕事等々。

仕事は、売上・利益・コスト・知識・技術・効率・スピード・安全・美・味……諸々課題を追求し、極め、成果を出すこと。

将棋の世界も、外からしか見ていないが、常日頃のたゆまぬ研究、対局では前傾姿勢で何時間も座り続け、根を詰めて頭脳エネルギーを燃やし、生命を削っている勝負の厳しさを改めて想像した。

伊藤園レディスゴルフトーナメント観戦と道中高速道路で感じたこと

今朝は6時15分自宅を出発。途中京葉道路穴川付近で渋滞し、駐車場に着いたのが8時、そこから専用無料バスでグレートアイランド倶楽部には約15分で到着。当日券は1ドリンク付きで2000円で購入、入場した。今年6月、やはりある女子プロゴルフトーナメントの観戦に行ったが、その時は当日券なしで、飲食代付きチケット12000円を事前購入して行った。主催者によって入場券価格は相当格差があると感じた。

その日はアウト1番スタートホールでのティーショットと隣接してある練習場でのプロのパター、アプローチ、バンカーショットを見ることにした。最初はほとんど動かなくて済むティーショットを見ていたが、中には個性的なスウィングをするプロもいるがそれでも円滑な美しいフォームであり、飛距離も出ている。理にかなっている証拠なのであろう。

今度は練習場でバンカーショットを見ていたが、想像以上にクラブフェースの開きが大きく水平に打ち込んでいた。これは相当練習しないと難しいと感じた。それともう一点ほとんど全員がクラブを短く握っており、それはアプローチ時も同様である。この2点が今日の収穫である。

それからプロもフォームの改造を結構やると聞くことがある。ちなみに先週のトーナメントで1年数ヶ月ぶり、久しぶりに優勝したI選手も腰痛という体調不良もありフォームを色々変えているようだ。簡単にいえば勝っていた時のフォームにすれば良いと思うが、恐らく腰に負担のかからないベストなフォームを色々試していたんだろうと想像する。

プロの世界はどこでもそうだが大変だ。

後、ゴルフとは直接関係ないが道中感じたことがあった。行きは東関道～京葉道～千葉東金道路から圏央道に合流し大網白里スマートIC～茂原北IC～茂原長柄ICの次の茂原長南ICから出る経路であったが、初めて通行する高速道路で降り口の茂原長南ICの手前3ヶ所のICはETC専用と表示があり、ETC搭載していない私としてはハラハラドキドキである。幸いにして茂原長南ICは現金でもOKであったが、精算機である。

人手不足の時代、通行量の少ないICは精算機で仕方ないと思う。ただ帰る道中、習志野ICの交通量の多いところも、現金で支払えるレーンが少なく精算機になっている。交通量の非常に多いところで、人手対応の方がスムーズなはずだが、サービス低下も甚だしい。

高速道路は民営化されたといっても、半官半民で国からの税金も入っている中で、ETC利用率は92〜93%と聞く。ETCを利用しない人の理由として①高速道を滅多に使わない②車載器つけるのが面倒で費用もかかる③ETC割引の恩恵がよくわからない人他一定数は必ずいる。現金利用者も必ずいる中で、納税者でもある。高速道路会社はその地域の高速道路を独占しているが、効率化一辺倒で現金利用を一方的に抑制するのは、余りにも上から目線であり、もう少し柔軟性がほしい。合理化できることは体制内にもっともっとあるのでは。

付け加えて言うと、帰りは茂原長南ICから入り走行したのだが、上下対面通行で前後ほとんど車が走行していない。利用者側としては、極力目的地に近いところまで高速道で行けるのは、便利で有り難い。一方現地の自然豊かな地域に住んでいる人にとっては、有料でもあるし利用することは余りないように思う。騒音、大気汚染、自然環境の破壊等マイナス面が大きく、閑散とした交通量の中で投資に対して償却が見通せないのではないか。色々考えさせられることが多い。

ゴッホと静物画展

テレビの広告でSOMPO美術館で、10月17日から来年1月21日まで「ゴッホ」と静物画展が開催される情報を見て、この日行ってみることにした。

これまでの人生の中で小学校1年生の時、親が絵の習い事をさせようとしたらしいが、全く興味を示さず即断念したらしい。学校の授業でも美術の時間があったが、気持ちもついていかず、絵心もなく、実際ヘタくそでどう表現したら良いかわからない世界であった。美術とはこれまで全く無縁であったが、この年になり時間的余裕もでき、どんな世界でも一流というものに接してみたいという気持ちが強くなった。

SOMPO美術館は、西新宿にある東郷青児の美術作品コレクションを中心とする美術館。保険会社である損保ジャパンが、1987年から展示の所蔵作品で最も著名であろうゴッホの「ひまわり」を、約53億円で落札したことから注目を集めた。ゴッホ他東郷青児、ゴーギャン、セザンヌ、ルノワール等有名作品を多数収蔵。

新宿駅西口から歩いて5〜6分で到着し、並んで入場券（2000円）を購入し、ガイド音声機（600円）を借り入場。これまでまともに絵の鑑賞など経験のない私でも、鑑賞の姿勢は絵と向き合い、自分がどう感じ、感動するかじゃないかと思う。色づかいとか、立体的表現とか、プロの世界は技術的なところも含めて鑑賞するのであろうが、私にはその辺の理解力は全くない。写真撮影も可のもの不可のもの分けられており、中にはおばさん仲間がおしゃべりしているのを、監視員が注意を促す場面もあった。

当日はゴッホと他の作家の作品も含めて69点展示されていたと思うが、やはり「ひまわり」の辺りは人だかりでなかなか絵と向き合えない。そういう状況の中で30秒ぐらい眺める時間があり、他の絵とどこが違うのかと自分に問いかけてみたが、その答えは出なかった。

ゴッホの数ある作品の中で、何故「ひまわり」が代表的作品になったのであろう。時間経過の中で、じわじわとブランド作品化されてきたのだろうか。絵の基本も全く無知な私であるが、もっともっと素敵な絵を観ることを重ねていけば、違いがわかってくるものだろうか。何か奥深いものを感じた一日であった。

皇居乾通り一般公開（11／25〜12／3）

乾通りの一般公開は2014年に上皇陛下の傘寿を記念して実施、2015年秋から毎年行われたがコロナ禍で休止となり、昨年秋から3年ぶりに復活。昨年は11月27日から12月4日まで約11万人が訪れたとのこと（ちなみに当年は後日確認したところでは約15万人強とのこと）。春の桜と秋の紅葉の季節に皇居の坂下門から乾門までの乾通りが公開され通り抜けができる。私は皇居へ入るのは初めての体験で、折角のチャンスを生かそうと出かけることにした。

JR京葉線で終点東京駅で降り、そのまままっすぐ皇居方面に向けて地上に出る。そのまま皇居方面へまっすぐ行くと二重橋に突き当たる。人の流れについていくと坂下門の方へ回り込み、まず持ち物検査場でチェック（私は手ぶら）、さらに金属探知機で体中を検査される。何も引っかからず、無事通過し坂下門から皇居内に入った。すぐ左手に宮内庁があり、隣接して自転車置き場に数多くの自転車が並んでいた。宮内庁職員が広い皇居内の移動に、排ガスや騒音が出る車ではなく、自転車を活用していることが容易に想像できた。

聞くところによると皇居全体の広さは34万坪で、坂下門から乾門までの通り抜けは約750mとのこと。乾通りの左手奥の方が天皇家のお住まいとのこと。乾門に向かって乾通り左側には、皇宮警察が数10mおきに配置されている。坂下門を入ってすぐ右手には青々とした松林、さらに進むと通り両サイドに紅葉したもみじ、柳、黄葉したイチョウ他四季の変化に合わせて木々を見られるよう多様な樹木が配置されている。植物にも全くうとい私であるが、美しく綺麗なものに感動する心は持ち合わせている。ところどころ写真を撮りながら歩く。皇宮警察が、盛んに乾門に向かって一方通行で逆流しないように、また立ち止まって滞らないようアナウンス。しかしこの日は平日ということもあり比較的空いていて、通り抜けに約30分とスムーズであった。

帰りは乾門を出て、右側へ回り込んだところの北桔橋門から東御苑に入り、昔江戸城天守閣のあった本丸を通り、大手門を出て東京駅から帰途についた。東御苑の方は月曜日、金曜日を除いて通常一般開放。本丸前と大手門出口近くの2ヶ所に売店がある。大手門出口近くの三の丸尚蔵館前の売店を覗いてみた。この売店は、公益財団法人菊葉文化協会が運営しており、来年の皇室カレンダー他凮月堂のゴーフレット、和三盆、菊葉まんじゅう、榮太楼あめ等々販売していたが目の保養だけに止めた。

大手門出口近くでは、高所作業車が3台で約10人ぐらいが10m以上もある松の高木の剪定に当たっていた。皇居全体の剪定作業の請負作業実態はわからないが、恐らくこの1業者だけなら一生専属として、仕事がなくなることがなく安泰だろうと勝手に想像した。今日も初めての新鮮な経験であった。

北陸から東海へ。旧交を温める旅

[金沢〜郡上八幡〜三河安城]

金沢駅12時前到着。月曜日だが人出で混雑、大きなカバンを引きずる外人客が多い。改札口を出るとアセアン名の旗の元へ団体旅行客が集合。あちこちでスマホ撮影。西口を出て通り一本渡ったところが、今晩の宿泊場所Xホテルで便利。受付ロビーはすでに大きなカバンが並べ置かれていた。まず受付に荷物を預け、駅構内で加賀白山そば（立ち食い）に入り、うどんが好きなので、めかぶうどんにトッピング生玉子といなり670円を味わい、隣の喫茶店でホットコーヒーを一杯。一息ついてバス乗り場⑦右回り循環で、兼六園に久しぶりに行くことにした（料金210円）。金沢は昔から有名な観光都市であるが、今や国際観光都市の様相である。

バスに乗ると金沢の道路は、十文字の交差点は少なく、斜めに交わり中には5差路6差路もあり、交差点を通り過ぎた先もうねうね曲がり、複雑で方向感がわからない。江戸時代の前田家の都市計画の名残りであろう。15分ほどで兼六園前に到着。

受付で大人個人320円の入場料を支払おうとすると、「65歳以上の方ですか」と尋ねられ「そうです」と応じると、「無料です」とのこと。何事もただというのはうれしいものです。「証明できるものを見せて下さい」とのことで、運転免許証を提示。証明書を見せなくても、明らかに65歳以上だと断定されなかったのは少しうれしい。

広大な庭園に入り散策したが、この時期植木には冬の風物詩「雪吊り」が施してあり、さらに美しさが増している。

少し歩いていると花嫁、花婿が結婚式の前撮りをしているのに出くわした。結婚式にこの映像を流すのであろうが、特別な景色に映える演出になる。日本三名園を堪能した後、金沢城へ回った。築城主は織田信長の重臣柴田勝家の配下であった佐久間盛政。その後能登、七尾から前田利家が入城、その長子である利長に続く。金沢城址の見どころは、やはり石垣で①自然石積み②粗加工石積み③切石積み等色々な石積み技法が、工夫され使用されているところだろう。見事である。

この後やはり右回り循環バスで金沢駅に戻りホテルにチェックイン。夕方以降はいつものように片町交差点で岩田住職（1984開催ロサンゼルス五輪バレーボール代表選手）と待ち合わせ、居酒屋とバーを梯子(はしご)し友情を再確認した。

[郡上八幡]

金沢から郡上八幡への移動は、車であれば金沢東ICから北陸道に乗り、小矢部砺波JCTから東海北陸道で郡上八幡ICで降り、目的地まで約2時間30分の距離である。この日は金沢駅しらさぎ6号9時48分発で岐阜駅着12時26分、岐阜駅で12時45分発の高山本線に乗り換え美濃太田着13時18分。そこから長良川鉄道（私鉄）乗り換えに約1時間待ち合わせて、14時27分発郡上八幡駅着15時51分と金沢から約6時間。時間は要するが、この移動そのものが旅である。長良川鉄道は長良川沿いに上流に向かって走行、風光明媚で日本の原風景を眺めながら郡上八幡駅に到着。

当日の宿泊ホテルに電話を入れると迎えの車が来てくれて、八幡町の風情ある街を通り、少し小高いところに上った所にホテル積翠園はあった。いつも利用するビジネスホテルとは違う風格のあるホテルに見えた。チェックインし、もう16時30分なので部屋でのんびり過ごすことにした。18時夕食時間になったので、レストラン春駒に移動。料理は2席用意されており、私と年配の夫婦の2組。テーブル上に料理長名で、師走のお品書きが置かれていた。

以下料理内容。

1. 初冬の前菜 郡上鮴(めばる)と飛騨野菜の クスクスサラダ	1. 鉢物 奥美濃古地鶏と郡上大根の風呂吹き 柚子風味
1. 御造り 鮮魚四種盛り	1. 揚げ物 公魚(わかさぎ)と九頭竜舞茸の天麩羅
1. 焼物 郡上産あまごの塩焼き	1. 食事 郡上産こしひかり、みそ合わせ汁 郡上産葉南蛮、香の物
1. 台の物 飛騨牛しゃぶしゃぶ 季節の野菜	1. 甘味 プリン、季節のフルーツ添え

このお品書きで料理が一段とランクアップするし、実際に地の食材を使い、どれも上品な味に仕上げられていた。昨夜呑みすぎていたが、折角なので地酒「母情」の燗も嗜んだが格別であった。

［郡上八幡～三河安城］

朝8時から朝食の時間ということで、昨日と同じレストラン春駒に行った。やはり料理長のご朝食お品書きが置かれていた。

<table>
<tr><td>1. 季節野菜の料理長特製鍋</td><td rowspan="2">～サイドコーナー～
食事
郡上産こしひかり
郡上みそ合わせ汁
パン</td></tr>
<tr><td>1. 朴葉みそ焼き</td></tr>
<tr><td rowspan="2">1. お盆
焼魚、玉子焼き
明宝ハム　サラダ
フルーツ
納豆　のり
豆腐　漬物</td></tr>
<tr><td>～ドリンクコーナー～
コーヒー　牛乳
オレンジジュース
お茶　冷水</td></tr>
<tr><td colspan="2">本日は郡上八幡ホテル積翠園にお越しいただき、誠にありがとうございます。
良い旅になりますように。　料理長名</td></tr>
</table>

このお品書きにはオリジナル朴葉みそは売店にて販売中です。と手書きで添え書きされており、気遣いの中にしっかり販売宣伝も忘れない。

朝食後一番の目的である郡上八幡城に出かけた。ホテル積翠園（八幡山標高354ｍの中腹に位置）の裏口から出てすぐ急勾配、少し登るだけで息切れの中、小刻みに休憩をはさみながら約15分、ちょうど開場の9時に辿り着いた。城を撮影するのに絶好スポットがあったので、写真を撮った。かの著名な司馬遼太郎氏が、日本一美しい山城だと評されたことが、この現場に来て納得した。

この城の創始者は遠藤盛数（布陣：1559年～）。初代土佐藩主として大出世を遂げた大名山内一豊。その出世を支えた賢夫人として知られる千代は、この遠藤盛数の娘という説が有力とのこと。本丸跡地には一豊と千代の銅像がある。

受付で大人入場料400円を支払い、受付の人と少し話していると、この辺りは当然といえば当然だがツキノワグマ、ニホンザル他野生動物が生息している。特にニホンカモシカは特別天然記念物で好奇心が強く、よく人前に出てきて日向（ひなた）ぼっこをしているとのこと、その後天守閣最上階まで上った。4層5階建て木造建築で木造再建城としては日本最古である。この日は快晴で長良川の上流と支流の吉田川の合流点付近が古い町並みの市街地で、清冽（せいれつ）な水・夏の郡上おどりで有名な城下町が一望でき殿様気分である。

ついでに言っておくと、令和6年の郡上おどりの日程は7月13日おどり発祥祭に始まり9月7日おどり納めに至る30夜。お盆の徹夜おどりは8月13日から16日までの4日間だった。

その後ホテルに約5分で戻った。行きは約15分要したが、行きは良い良い帰りは恐いのまさしく逆である。その後会計を済ませたが食事代込み24365円。八幡山の中腹で閑静な場所にポツンとこのホテルがあり、まるで郡上八幡城の二の丸御殿のようで、部屋もゆったり、料理もバラエティーに富んでおり、印象は二重丸であった。

10時過ぎのホテルバスで郡上八幡駅まで送ってもらい、電車発車時間まで1時間ほどあるので、駅構内の喫茶コーナーに入った。そこは観光案内所、おみやげ店、喫茶店を兼ねており、すでにストーブがつけられ、寒さ対策の毛布まで用意されていた。美濃太田駅行き切符を購入（1380円）し、トイレを済ませて11時19分発一両編成の電車に乗り込む。3人ほどしか乗車していない。美濃太田駅まで1時間30分近く要するのにトイレが付いていない。トイレを催して途中下車したら、昼間は2時間に1本のダイヤで大変だ。その日の予定が完全に変わってしまう。こういう地方路線の不便なところほど、車内トイレは絶対必要だと感じた。

高山本線の美濃太田駅から東海道本線の岐阜駅で乗り換え、愛知県の安城駅についたのが15時22分。改札口に学生時代のサークル仲間であり、麻雀仲間の岡田君が出迎えてくれていた。数年ぶりであり、安城駅に降り立つのは全くの初めて。ホンダの黒塗りの高級車に同乗し約10分。幹線道路沿いの300坪（一反）敷地の中に、自宅（奥さんと2人住まい）、長男家族（長男夫婦2人、当時小学生の女の子2人と2歳と0歳児の男の子2人の孫計6人）、倉庫。大家族の豪邸である。応接室でソファに腰かけると車、電車等孫のおもちゃが目につく。コーヒーと茶菓子を奥さんが持ってきてくれ、約2時間昔話に花を咲かせた。

大学を卒業後数年ソニー関連会社でソニー製品の営業をしながら、独立のアイデアを練りつつ経験を積み、1979年3月ビデオハウス（株）を創業。テレビ番組CM・PRビデオ制作、イベント記録、中継。現在は三河地域のケーブルテレビ4局の映像制作他事件、事故、イベント他スポット的な生中継等取り組んでいるようだ。創業40年余りスタッフ約10人の会社を発展させている。今は長男に後を任せ、会長という立場で息子の邪魔にならないようにしているとのこと。後はマンション経営と卒業高校（安城高校）創立記念事業の事務局を務めたり、商工会議所の関係やNPO法人の活動で海外に行ったり、地域で幅広く活躍しているようだ。

この後三河安城駅近くの居酒屋で、積もり積もった話を酒を酌み交わしながら、約4時間語り合った。持つべきものは真友であり、この日は心地良かった。

2024年

目からウロコ！のヘアカット専門店

　散歩に出たついでに、初めてヘアカット専門店に入店した。中に入ると「券を購入して下さい」と言われ、自動販売機を見ると60歳以上1200円（税込）を購入。60歳未満より100円安いようだ。待合場所に丸イスが6脚並べてあり、間に感染症対策かビニールカーテンで仕切られており、すでに2人が待っていた。店の広さは8畳ぐらいだろうか、カット席が3脚あるが、その日は2人態勢のようだ。カットのみなので、前面には鏡があるだけで洗面台はなし。奥の方にトイレがある。

　待合場所前に貼り紙があり、感染皮膚疾患（シラミ、帯状疱疹他）が見受けられる場合、カットをお断りすることがあります。もう一つ幼児でカット時動いて危険を感じた時には、カットをお断りすることがあります。簡素な作りの店だが、しっかり管理していることのPR効果にもなっているように思う。

　16時30分ごろ入店し、16時50分ごろ順番が回ってくると、初めてだったのでバリカン使用可否を聞かれ「大丈夫です。全体的に均等に短くして下さい」と答えた。バリカン、カットが終了し、最後はエアウオッシャーで細かい毛を吸い取り、髪を整え完了。17時過ぎには終わり、約10分気軽で手軽で安い。メンバーカードをもらい、20回利用すると1回無料。これまで利用していたところの料金で、洗髪・髭剃りはないもの4回カットしてもらえる。よく考えれば無精髭は毎日剃っているし、風呂に入った時には洗髪もするし、時間の節約にもなる。それからメンバーカードにはバリカンでの刈り上げ度合い、刈り上げ高さも明記してあり、次回利用した際には説明も不要である。

これまでの理容店は、40〜50分ゆったりして、社会の動きや地域情報とか色々会話は楽しめリフレッシュでき良かった。一方ヘアカット専門店は、早さとコストが売りで、無駄口はたたかず淡々とした仕事ぶりである。別に客としていやだとは感じない。年金生活者としての身分になり、経済的には少しでもメリハリをつけるべく、これからも利用していきたいと感じた。

正月について一考してみた

16時30分西船橋のあるファミリーレストランに、岸野家（夫婦、息子家族、娘家族）総勢8名（娘婿は仕事で欠席）集合。正月3ヶ日は皆各々スケジュールがあり、妻もいまだに仕事を続けており、我家も狭小のため、この日ファミリーレストラン桟敷を予約。遅目の正月を祝った。孫は娘の方に当時9歳と4歳の男の子、息子の方に2歳の男の子と男ばかり3人である。皆各々好きな料理、ドリンクバーをタブレットで注文、締めはデザート。私は孫の顔を見ながら一杯呑むのが、何より幸せを感じる時である。孫もまだ幼いので、親の方に気持ちだけお年玉を渡し乾杯。食べ終わると孫たちは戯れ合っているので、スマホで写真を撮る。普通に幸せな子供達家族と一堂に会した時には、いつも心の中で妻に感謝している。これが我家の正月風景であるが、私の小学生ごろの昔の記憶を辿ると、次のようであった（昭和30年代）。

私の父親は農家の長男であったが、農家の後継ぎにならずサラリーマンになり、結局四男が継いだ。7人兄弟（弟3人妹3人）で、当時は特別に兄弟が多いということでもなかった。父の実家は、当時一時的に父からみれば祖母、父母、弟夫婦とその子供と4世代同居という大家族であったが、これも当時の農家では珍しくなかった。統計を調べてみると以下のようである。

	1960年	2020年	増減
全国就業者数	4,436万人	6,710万人	＋2,274万人
基幹的農業従事者（仕事として主に自営農業に従事）	1,175万人	136万人	△1,039万人
比率	26.5%	2.0%	

出典：全国就業者数は総務省統計局労働力調査。基幹的農業従事者は農林業センサス累計年統計書 農業編（明治37年～平成17年）、2020年農林業センサス第2巻農林業経営体調査報告書 総括編

戦後経済成長する中で2次産業、3次産業の発展、それにと

もない人口移動で大家族から核家族化が進んだ。第二次世界大戦で若者が大勢亡くなり、1960年時点では、15歳以上の就業者人口は今に比べて少なかったが、戦後経済成長とともに日本の人口も増加。一方農業従事者は激減し現在に至っている。

私の当時の記憶では、父親の実家は部屋数も沢山あり、間取りも広く、結婚式や法要などもそこで行っていた。盆と正月には、大体親に連れられ父の実家に帰省したものだ。そうすると父の弟妹とその子供達（私のいとこ）も合流し、総勢20人を超えることもあった。

年末には玄関を入った先に広い土間があり、私の祖父が臼と杵を用意、餅つきが始まる。でき上がった餅を皆で丸めて丸もちを作り、雑煮や焼いてしょうゆをつけたり、きなこをつけたりして食べたものだ。また縁側に藁むしろを敷き、その上に餅をカットして並べ、乾燥させておかきを作った。正月になると、コタツでお節料理にみかん、何といってもお年玉が一番楽しみだった。叔父、叔母の人数が多いだけ子供としては期待でき、当時板垣退助の100円札ももらったが、岩倉具視の500円札だとにっこりであった。玄関先で、いとこと羽根突きをしたり、冬の田んぼで凧揚げをしたり、遊びには事欠かなかった。私の子供時代の正月風景であり、今目の前で戯れている孫とは環境が様変わりで、昔より子供の手作りの遊びが減ったようにも思うが、子供は柔軟で別の新しい楽しみをきっと見い出していくのだろう。

こういう経験の多寡が、子供の成長にどんな影響を与えるのだろうか。

息子との呑み会

息子は製薬会社勤めの30代半ばのサラリーマンで大宮勤務である。私は浦安在住ということで、中間地点の東京で息子の休日前の金曜日夜に合流。定例呑み会を実施。一軒目は息子にパワーをつけてもらうためステーキ屋に行くことが多く、私はシーズン問わず日本酒の燗酒、息子はウイスキー・ハイボール。話題は近況、孫、社会的出来事、スポーツ等たわいのないことばかりだが、たまに私の遺伝子をつないでもらう大事な息子なので、これはぜひ伝えておきたいなということが頭を過った時には、横道に逸れたりする。2時間余りのコミュニケーションではあるが、いつもの家での晩酌より同じ酒ではあるが、一段も二段もグレードアップ、最良の時間である。

次にもう一軒ぜい沢ではあるが、銀座のクラブに梯子である。そこは現役時代に営業担当していたころ、たまに利用させてもらっていたところで、そこに行くと隠居の身から社会の一員として甦った気分になる。そこのママは、昭和〜平成〜令和と日本の高度成長から、一転バブル崩壊でデフレ不況、コロナと激しい浮沈を経験。昔好景気時代は、銀座に5〜6軒店を経営していたが、銀座を取り巻く環境変化、時代の変遷、ママ自身の年齢のこともあるであろうと想像するが、今は一番最初スタートした一番歴史ある店、そこの一店で客の要望に応えている。政財界、スポーツ界、芸能界、マスコミ等々これだけの幅広い業界の人々と接点を持ってきたのは、極稀な人生と思う。

その店へ入ると最初30〜40分会話するが、たわいのない話題であるが、ママの幅広い知識、経験に刺激を受ける。息子も何かを感じとっていることと思う。後はカラオケタイムで、私はせいぜい1曲か2曲、息子が主役である。歌はお互い世代ギャップを感じるが、楽しい一時であり、少しぜい沢な一時を過ごしている。周りの人と話をしても、息子と外で呑むことはないという人が多く、あっても居酒屋ぐらいで、2軒目まで行くのは珍しいようだ。これからも息子とのノミュニケーションを大切にしたいと思う。

「間」について考えてみた

人間社会の中で人は生活しており、その社会が円滑に成り立っていくのに、会話は欠かせない。いわゆる対話である。

現役時代長年鉄鋼の営業に携わり、「間」について実感したことを思い返した。客先訪問して購買担当の人と、2人で対話する場面を多く経験している。

その時に相手は大きく3タイプに分かれる。①普通型②おしゃべり型③むっつり型で、最初の普通型は、お互いほぼ均等に対話し、その間に間が空いた時も、どちらかが気をつかい口を開く。おしゃべり好きタイプの人とは、専ら聞き役に徹し合の手を入れておけば、向こうの話を気持ちよく話してくれる。聞きながら頃合いを見て、こちらの用件を話せば良かった。

一番難しいのは、全くの無口で何を考えているかわからない、表情にも出ない人である。こういう人を訪ねていく時には、事前に用件のことは当然だが、余談の話も2〜3構想を練っておく。こちらが一方的にしゃべるのだが、エネルギーが要る。ニコッと笑みを浮かべてもらったりすると心地良いのだが、中には全く無口、無表情で気難しい人が極まれにおられ、話の間が沈黙で重苦しい空気が流れたり、時間が長く感じられたりする。その間をお茶やコーヒーを飲んだり、昔はタバコで埋めたりした。3人以上のケースでは、沈黙を回避するため、誰かが声を発するケースが多い。

人と人とのコミュニケーションにおける対話のキャッチボールの間合い、つなぎが円滑な人間関係を築く上での一つの大きな要素だと感じる。

人身交通事故を減らすには……

最近近所の信号のない一般の横断歩道の近くで、パトカーが控えている光景をよく目にするようになった。良いことだと思う。

これも昔話になるが、大学4年の冬休みに京都の宝池の教習所で、運転免許証を取得した。今でもはっきり覚えているが卒業検定時、一般道路を走行スタートして、まもなく横断歩道に差しかかった。その時横断歩道の左端の方に渡るか渡らないか分からないが、人が立っていたのが目に入ってきた。確かこういうケースでは、横断する人が優先だとテキストで習ったことが頭をかすめ、遅ればせながら急ブレーキを踏み、エンストして止まった。その後エンジンをかけ直し再スタートしたが、これは不合格だなとあきらめつつ卒業検定コースを回り切った。

卒業検定後、先生のコメント。「急ブレーキとエンジンストップで25点減点だが、他は減点がなく75点ギリギリで合格です。あの横断歩道で止まらず、そのまま通り過ぎていたら、その時点で卒業検定は不合格で終わってました。一発アウトでした」。横断歩道で止まり、安全第一を心がけたため、合格最低点ではあったが一発合格できたのである。

私も歩行者として感じることだが、最近は横断歩道で止まってくれる車はほとんどなく、止まってもらったらうれしい気持ちになる。ちなみに交通ルールは道路交通法第38条において「横断歩道等における歩行者等の優先」が決められており、横断歩道を渡ろうとする歩行者がいる場合には一時停止をし、その進行を妨げてはいけないことになっている。また、横断する歩行者がいないことが明らかでない限りは、いつでも一時停止できるように速度を落として進行しなければならない。これに違反した場合には罰則の対象となり、「3月以下の懲役又は5万円以下の罰金に処する」（第119条第1項第5号）と定められている。運転者の立場でも、前の車に続いて歩行者を無視して、横断歩道を通過し反省することも間々ある。原点に戻れば車は凶器で、そのために交通ルールがあり人命第一である。

車は怖いもので、瞬間の判断ミスで将来ある人生が奪われる。それは被害者は当然、加害者も然りである。

最近はそこのけそこのけ車が通るじゃないが、自分の車が何より優先で先を急いでいる、マナー知らずの車が増えたように感じる。私の運転の反省も踏まえ、運転手皆が改めていつでも止めよう・止まろう・止まる意識を持って、やさしい運転を心がければ人身事故は相当減るだろうことを確信する。交通取り締まりも、特に信号機のない横断歩道近辺を重点管理するとか、交差点も歩車分離式にするとか、教習所でも改めてメリハリつけた教育をしてもらいたいと願う。

人間は弱い存在

人という字は、人と人が支え合わないと生きていけないと昔からいわれている。

台風、大雨、大雪、洪水、土砂災害、地震、津波、高潮、火山噴火、山火事等、毎年世界のあちこちで自然災害が発生、人的被害、インフラ基盤の被害等が生じている。毎年毎年地球温暖化から来る異常気象もあり、発生頻度、規模も増してきているように思う。必ず犠牲者が出て、助かった人も避難所生活が続き、将来の生活設計の見通しも立たない日々を過ごす。いつも見る光景で、自然には逆らえない人の弱さを痛感する。一方、自衛隊、消防、警察、地方自治体、近隣住人、ボランティア等の人達が、現場復旧に携わる頑張りには、いつも頭が下がる思いで見ている。地球的、世界的に自然が凶暴化してきており、国を越えて、人類が協力し対処していく大テーマである。

人が置かれている状況は様々で裕福な人、貧しい人、頑健な人、病弱な人、飢餓状態にある人、戦禍を被っている人、独裁政権で自由を拘束されている人、成功した人、失敗続きの人、老若男女……様々。直近では能登地震で、家族（妻、子供3人）が一瞬にして犠牲になり、夫だけ仕事中で生存。これほどの不幸はないと思うし、自分に置きかえたら立ち上がれない。耐えられない。思わず涙。決して人生は平等ではないが、皆必死に頑張り生きている。

そういう中で戦争が起きている。原因は国家間対立、宗教対立、民族紛争、貧富格差からのテロ……それら複合的要因。人類が自滅するような戦争は、人類として一番愚かな行為で、99%以上の人類がそう思っていると思う。しかし地球上から戦争はなくならない。

人は自然の脅威に比べれば圧倒的に弱い存在だが、一生を生き抜く強さも持っている。戦争は人類にとっての弱さの最たるもの。世界の人類は戦争で自滅を選ぶのではなく、住み良い地球を作るよう力を合わせることが大事で、そのベースは何といっても平和である。

あとがき

昔、会社の大先輩から、「退職後、何をやって1日過ごせば良いかわからずモヤモヤが続き、何となく1日1日が過ぎていった。毎日の張りもなくなり、今後のことを考えると不安になり気分も落ち込みノイローゼ状態が数ヶ月続いた」と聞いたことがある。

現役の時は朝9時から夕方17時（定時）までは仕事、あるいは残業なり、お客さんと会食であったり、会社仲間と呑みに行ったりで1日のリズムが会社中心で回っている。週休2日の会社が多い中で、土曜、日曜の過ごし方は個人でまちまちだが、1日は休養、1日は家族サービスやらゴルフ、釣りなど趣味に費やす。仕事を中心に毎日の決められた生活リズム、仕事を通じての課題解決、人間関係の切磋琢磨、成功に失敗、達成感、緊張感、喜怒哀楽……サラリーマン生活は基本的には敷かれたレールの上を真面目に走っている。それが日常であった。

先輩は仕事人間でゴルフぐらいは趣味でやっていたように思うが、先のことを考えず昨日まで日常を送っていたら、ある日突然レールがなくなった。これからはそのレールを自分で敷いていくのだが、昨日までは会社という組織を通じて社会貢献し、その対価として生活の糧（収入）を得ていた。大きな柱がなくなり、空しさだけが残った状態に陥ったのだろうと勝手に想像した。

以前人に聞いた話では、趣味の世界で室内と室外に、1人で楽しめる趣味と2人以上で楽しめる趣味を各1〜2種類持てると暇を持て余すことなく充実すると。当然、経済的条件はあるが、コストパフォーマンスを追求するとか取り組み方法を工夫すれば、いくらでも選択肢はあるかと思う。

私自身も現役の時には、退職後の生活設計はほとんど考えていなかった。2021年5月退職後、色々トライしてみようとまずスマホを入手した。電話・ショートメール・インターネット検索ぐらいの機能しか使えなかったので、近くのドコモショップのスマホ教室（当時は参加無料）利用。ほぼ同時並行して商工会議所が運営しているパソコン教室。後は趣味講座を扱っている企業のリストから比較的手軽に取り組めそうな「オカリナ」入門講座を申し込み、DVDを視聴しながら、腕前はさておき2〜3ヶ月で「蝶々」「春の小川」「故郷」の3曲は吹けるようになった。

色々試行錯誤しながら半年後ぐらいで毎日の生活リズムが決まってきたように思う。スポーツクラブ週3日、ゴルフ月1回、麻雀月1回、呑み会月3〜4回、1人旅3〜4ヶ月に1回(国内旅行)、興味を抱いた展覧会・イベント等都度。後はボケ止めに合い間に図書館に行き、日頃の活動の中で感じたこと、感動したこと、ちょっと違うなと思ったことをエッセー風にまとめた。この本は頭で書いたものではなく、実際に現地・現場に行き、人と話し感じたものを正直に書いたつもりだ。仕事に追い立てられていた若い時より、退職後の今の方が知的好奇心が刺激されているようだ。

この本を読んで頂いて、ちょっと違うなと批判して頂くのも良し、同意見だとか、そこに旅をしてみたいとか共感され、アクションの少しの動機づけにでもなれば、書いた者としては大変うれしい。

新しい様々な体験で感受性が大いに刺激を受け、古希を過ぎても知らないことが圧倒的に多い中で、知ることの喜びを感じ、少しでも豊かな人生を過ごしたいと思い、第二の青春を新鮮な気持ちでエンジョイしている。特に、これから退職を迎える方、すでに退職されて何かしたいが何となしに充実感のない日々を送られている方、私と同様の年金生活者の方に読んで頂ければ幸いです。

また今回、私が旅した能登半島が今年元日に震災、さらに9月の豪雨被害に見舞われ、2011年3月に発生した東日本大震災の被災地の復興もいまだ道半ばである。被災地に思いを寄せながら、1日も早い完全復興を祈念しております。

最後に、この本の出版に当たっては、幻冬舎メディアコンサルティング取締役佐藤大記氏、企画編集部中本瑛二氏、編集部中村美奈子氏に諸々アドバイスをいただき、大変感謝致しております。

2024年10月

岸野 渉

〈著者紹介〉
岸野 渉（きしの わたる）
1951年　兵庫県生まれ
1970年　広島県立呉三津田高校卒業
1974年　同志社大学経済学部卒業
同年日新製鋼（株）入社、富山営業所長、岡山支店長、関連会社営業部長他歴任。定年後は取引先である堺鋼板（株）にお世話になり2021年5月退社。現役時代は一貫して鉄鋼の営業に携わる。なお日新製鋼（株）は2020年4月1日合併により現在日本製鉄（株）。
　趣味　　読書、スポーツ観戦、旅行、ゴルフ、麻雀
　嗜好　　日本酒の燗酒を呑むこと

リタイア日記（にっき）

2024年11月6日　第1刷発行

著　者　　岸野 渉
発行人　　久保田貴幸

発行元　　株式会社 幻冬舎メディアコンサルティング
〒151-0051　東京都渋谷区千駄ヶ谷4-9-7
電話　03-5411-6440（編集）

発売元　　株式会社 幻冬舎
〒151-0051　東京都渋谷区千駄ヶ谷4-9-7
電話　03-5411-6222（営業）

印刷・製本　中央精版印刷株式会社
装　丁　　弓田和則

検印廃止

ISBN 978-4-344-94929-4 C0095
幻冬舎メディアコンサルティングＨＰ
https://www.gentosha-mc.com/